包芳芳　著

流

年

浙江工商大学出版社 | 杭州
ZHEJIANG GONGSHANG UNIVERSITY PRESS

图书在版编目（CIP）数据

流年 / 包芳芳著 . — 杭州：浙江工商大学出版社，
2022.8

ISBN 978-7-5178-5046-5

Ⅰ.①流… Ⅱ.①包… Ⅲ.①散文集－中国－当代
Ⅳ.①I267

中国版本图书馆 CIP 数据核字（2022）第 141509 号

流年
LIUNIAN

包芳芳　著

出 品 人	鲍观明
责任编辑	王黎明
责任校对	李远东
封面设计	红羽文化
责任印制	包建辉
出版发行	浙江工商大学出版社
	（杭州市教工路 198 号　邮政编码 310012）
	（E-mail：zjgsupress@163.com）
	（网址：http://www.zjgsupress.com）
	电话：0571-88904980，88831806（传真）
排　　版	浙江时代出版服务有限公司
印　　刷	浙江海虹彩色印务有限公司
开　　本	880 mm × 1230 mm 1/32
印　　张	7.75
字　　数	164 千
版 印 次	2022 年 8 月第 1 版　2022 年 8 月第 1 次印刷
书　　号	ISBN 978-7-5178-5046-5
定　　价	68.00 元

以匠心书写流年

　　文成历史悠久，地灵山秀，人文荟萃，汇聚了很多传统手艺人，各个手艺的特点非常鲜明，手艺作为一种民俗风情载体，散发着文成特有的乡土气息。可在走访手艺人的过程中，我发现随着时代的潮流和机械化的冲击以及老艺人的离去，很多老手艺已经不在了，比如打锡壶、撑船，又比如花鼓戏，可以说每一门手艺代表了一个时代的影像，可是这些手艺人的身影正在渐行渐远。

　　在这日渐浮躁的世界里，手艺人却是安静的，他们择一事干一生。在对这些手艺人的走访中，我有好几次被感动得落泪：黄坦培头呈山底自然村打石匠钟文村师傅，因为打了51年的石头，他的手已经不能伸直了，两只手弯曲得像只弓；泥塑艺人王延宽，起早贪黑，耗时3年多，单单在山东章丘元音寺就塑了500罗汉像；撑船人李士华师傅，13岁就开始跟着父亲在飞云江畔撑船，无论是刮风下雨还是寒风刺骨，遇到险滩难行，他都要下到冰冷的江水里拉纤……他们用踏实、汗水、执着，阐释了什么是责任，什么是传承，也用长满茧子的双手养活了一家人。

　　手艺也透着文成传统的民风民俗，如：文成索面，是老人寿宴上的必备主食，由于索面细而长，故在地方上又叫长寿面，索面还是当地妇女坐月子的最佳食品；南田的板凳龙和布龙，过去每年元宵节，板凳龙和布龙的制作分别由刘基的长房（刘琏后裔）和次房（刘璟后裔）负责，龙的长度以每年的月份计算，平年12节，闰年13节，元宵后的第二天，两龙先后被带到较富裕宅第舞龙灯，以示祝贺新年；养根村的"马灯舞"，又统称为"跳马灯"，主要是由福建省、浙江温州平阳和瑞安等地传入，距今约有100多年历史，马灯舞表演的初衷也是"讨生活"……可以说，传统手艺，更多承载着一份乡愁，这个乡愁扎根在我们骨子里。我记得在和文成拉面店老板娘交谈时，她跟我说，店里有一个客人，每次从外地回来或者要去出差，都要坐在她这里吃完一碗文成拉面再走，客人说，如果他没有吃碗拉面就好像没到过家。也许这就是乡愁，这就是手艺的魅力。

历时两年多，有时候为了深入了解手艺人情况，一个手艺差不多前前后后要跑三四趟，如马灯舞，我就去了四次周山；有些手艺人身处偏远深山，我就让先生陪着我去采集素材，如铜铃山镇都铺村的花鼓戏，光在路上开车就花去3个多小时，弯弯绕绕，才找到花鼓戏老艺人的家……很庆幸的是，虽然经历很多波折和数十次修改，目前这本书已经完稿，全篇有30多个手艺，并穿插部分民风民俗。本书也获得了文成县文化精品创作扶持，在此谨向文成县委宣传部致以谢意！

择一事，守一生，一座城、一群人、一段有温度的文成"守"艺故事，这就是我要写的书——《流年》，这些故事感动了我，希望也能感动你，也希望能让"守"艺人的文化滋养更多的人。

目　录

匠心守艺的旧时光

行将消失的老行当

撩动凡心的烟火味

穿越时光的小印记

匠心守艺的旧时光

马灯到此保太平：马灯舞

双木同排本是林，

马灯到此保太平，

陈氏圣母娘娘到，

全村老少得太平。

这悠长淳朴且充满乡土气息的马灯调在养根村的上空徘徊着，似乎不曾离去。据《文成县地名志》载，养根村原有一片森林，一户施姓人家迁此养林（护林），住在山根，人称此地为养根，久之成为地名。一大早，就看到养根村的老人在忙着酿糯米酒。当我问及养根村的马灯舞，老人们来了兴致，说是小时候经常看。

90岁的施绍繁先生告诉我，在他的记忆里，马灯舞就好像他住的宅子一样老，也许更老。老先生现在住的古宅为养根施宅，坐北朝南，清咸丰年间（1851—1861年）所建，是由门厅、东西厢房、正屋组成的四合院式二层木构建筑。古宅已有100多岁"高龄"，当年最鼎盛的时候，这里住着100多人，后来由于生计和发展的需要，后裔都陆续搬离了，现在宅子里只剩下第三代后裔，也就是施老先生本人。

我问老先生，马灯舞是什么时候学会的？他兴致勃勃地说，小时

马灯舞表演

候，一到过年，养根这个地方每家每户就会邀请马灯舞队伍来表演，这个宅子里里外外就围满了人，表演马灯舞的孩子们都穿着漂亮衣服，骑着纸扎的马，非常好看，而且整个表演让人百看不厌。老先生七八岁就看马灯舞了，所以他 12 岁就会跳马灯舞了。他告诉我，一开始，马灯舞是从大峃镇一个老师那里学的，这个老师来到养根村，看见这里的孩子多，所以就教当地小孩跳。"马灯舞"又统称为"跳马灯"，主要是由福建以及浙江平阳、瑞安等地传入，距今约有 100 多年历史。据资料记载，马灯舞传入双桂、平和、周山养根后，民间艺人改变唱词，改用当地语言和音乐，适当加入当地民众喜闻乐见的内容，自己动手做服装、扎纸马、排练队形、招当地演员，逐渐有了他们自己的一套马灯舞表演方式和内容。

施老先生见我听得认真，又接着说，中华人民共和国成立前，村里条件有限，马灯舞的马灯都是当地人自己动手做的。马灯是一门纸扎的民间艺术，骨架用小竹梗（杆）和竹篾捆扎，外面糊上纸，与人体接触容易损坏的地方也缝上一点小布片，然后用彩色纸剪出马鬃、马尾，再做好粘上。竹马颜色多种，有红、黑、白、花，形象一般都为昂首圆眼，鬃毛高矗，尾巴上翘并左右摇摆，有的马脖子上挂有铃铛。据他回忆，早年马头顶上还点灯。老先生说，以前做工比较粗糙，制作材料轻便，整个马灯舞套在身上非常轻松，不像现在买的，套在身上很笨重。马灯舞对老一辈人而言似乎成了儿时的记忆，是当地群众十分喜爱的民众性舞蹈，在群众的心中，跳了马灯舞，就能保平安。

"文化大革命"期间马灯舞遭停演。改革开放后，马灯舞又开始活跃了。2012年，施老先生主动到乡政府反映，提出再度跳起马灯舞，他诚恳地对乡党委书记说，现在孩子们都不会了，这个丢了太可惜了，南田已经没有了，大峕也没有，就养根几个八九十岁的长辈还会跳。老人的提议，得到乡政府的支持，于是争取到了马灯舞表演所需的竹马、衣服等几千元经费。设备有了，但没有孩子表演。原本马灯舞是十二三岁的孩子表演的，可当时孩子们都到镇上、县城上学去了，这可怎么办？如何传承？施老师灵机一动，就组织在家的妇女进行排练，一对一传授。经过一两个月的练习，马灯舞重新焕发生机。2013年11月27日，周山畲族乡首届民俗文化节举行，养根马灯舞登上了有着2000多名观众的舞台。表演后，大家一致推选队长、村书记施美玲作为下一代传承人。

施美玲老师告诉我，每到过年的时节，要是村里的农户有需要，自己就会领着表演队到农户家门前跳马灯舞。至今，她已经跳了十多年的马灯舞。

施老先生说，马灯舞表演的初衷也是"讨生活"，农户趁农闲，利用正月头人们心情快活的时机，结队走街串巷，挨家挨户地表演，可以持续表演一两个月，对于生活困难的家庭而言，这是一项不错的营生。一支马灯队伍，生意好点的时候，可以接好几场表演，主家还管吃饭。加上马灯队带来的热闹、欢庆，他们拣好的说，挑好的唱，深得主家的欢心，自然得到的"赏银"、食物就多了，好的主家有时候还会给一个大红包。其实主家都是愿意给红包的，因为给了红包才

马灯舞表演

会带来好运，这是人们的一个心理寄托。两个月下来，马灯舞表演者不但温饱解决了，手头也会留存几个钱，口袋里还会有一些馍糍、粉干、筒面什么的带回家。

马灯舞喜庆热闹，场面可大可小，肢体语言简练，舞姿粗犷，以走势和列队为主，透着浓浓的乡土气息。组建一支马灯舞表演队，加上演员和乐队一共需要 20 多人，乐队以打击乐为主，吹打乐为辅。一个马灯舞全程表演下来需要 40 多分钟，表演时，先用锣鼓等器乐开场造白，一般由腰着紧身服、脚着快靴的马头军先出场。马头军一般由男子扮演，服饰颜色与其他人员略不同一些，为武生打扮，为表

马灯舞表演

演队核心人物，颇有一些跌翻滚打的功夫。在马灯舞里，故事的角色定位是由他扮演马夫，先搅拌好马饲料，喂饱马，再退至马队后面赶马。马吃饱后就开始跳马灯舞，舞步有"四角花""三角花""退花""龙喷水""双连花""单连花"等，展现各种马的姿态，形式活泼，热情奔放。这些舞步都是循环跳，每跳到"四角花"舞步结束后，开始唱马灯调。

舞队人数得凑双，不能少于 6 名，表演者身着大红大绿喜庆服饰，头裹彩色头巾，在队伍前有二人擎高照，书写"人寿年丰，风调雨顺"字样，中间一般 8 匹马，各人右手执一根马鞭，骑在纸糊篾扎的马上，拉着缰绳，后面跟着 2 个马夫（其中一个就是马头军的扮演者），一个拿着铜钱爿，一个拿着马鞭。当地的广场、晒谷场、祠堂口成为他们最为卖劲的表演地方，一听有马灯舞表演，当地百姓便会蜂拥而至。

马灯舞演唱的歌调为本地方言现编现唱，通俗易懂，歌词来源于生活，有歌颂党的好政策的，也有反映劳动人民的农事生活和爱情故事的，音调高扬绵长，采用七字一句、四句一首的结构。老先生告诉我，中华人民共和国成立后，马灯舞就不再作为一种谋生的手段了，而是成为一种表演形式，到过年的时候，当地政府会组织马灯舞表演队到烈属等光荣家庭去慰问，并表演节目。那时候流传最广的是这么两首歌，老人说着说着就开始唱起来："木字加公本是松，军人烈属真光荣，他的儿子为革命，全心全意为人民。""口字直落本是中，中国有个毛泽东，他为人民谋幸福，他是人民大救星。"90 岁的施老先生，唱起马灯歌调仍然中气十足，令人精神陡振。现在村里还传着一些自编的马灯歌，你听那淳朴自然的歌声：

"化字加十本是华，狠抓'三边'和'三化'，河边山边公路边，净化绿化美丽化。

"口字直落本是中，中央指示学精通，铺张浪费要反对，厉行节约最光荣。

"女子同排本是好，环境卫生人人搞，清理垃圾免污染，身体健康活到老。"

歌词内涵丰富，情真意切。马灯歌调也有诗情画意的一面，《十二月花名马灯歌》听来就十分有画面感和浪漫情怀：

"正月紫金在园中，二月桃花淡淡红，三月梧桐满树白，四月杏

马灯舞表演

花花开红。

"五月菖蒲石榴红，六月荷花水面红，七月秋兰香喷地，八月桂花花开红。

"九月黄菊开满地，十月鸡冠顶上红，十一月梅花开满树，十二月山茶送过年。"

花在景里，景融花中，春夏秋冬，"坐看云卷云舒，静听花开花落，任凭潮起潮落"，一年的 12 个月随着花季而轮回，听来让人回味无穷。

由于时代的进步，以及新文化元素的冲击，马灯舞的"生存"也"日渐疲乏"。施老先生说，如何发展好马灯舞，自己心里也没底。如今，从古宅斗拱飞檐和精致的门楼、花窗可以看出曾经的繁华，宅子侧面还摆放着石槽、石缸、石磨，岁月已经在这些物件上留下了斑驳的痕迹。这里的一切好似一张黑白老照片，带着时间的味道。置身于古宅前，仿佛能看到曾经大家族人来人往观看马灯舞的热闹场面，好似在观看一场大电影，而我成了观影的人。

时光荏苒，岁月蹁跹，坐在养根屋前的少年已由青丝变成了白发，但提起马灯舞，80 多岁的阿公阿婆就来了兴致，眼里放着光芒，滔滔不绝地说着，仿佛又回到了小时候骑着小竹棍在稻田里"骑马"疾驰的日子。

一人一台戏：单档布袋戏

"当当当当当才当当……"伴随着小锣、小鼓的敲击声，一场精彩的布袋戏在方寸舞台间开启了。台上的布袋戏偶根据生、旦、净、末、丑等各种角色，时而转头，时而跷脚，时而耸肩……配以抑扬顿挫的唱白，惟妙惟肖地表达着人物的喜怒哀乐。

吹、唱、说、道、打、拉，整个舞台由坐在帷幕后的一人操作，一人就是一台"戏"，一人就是一个"团"，悲欢离合尽在一人演绎中。"以五指运三寸傀儡，金鼓喧阗，词白则用叫颡子，均一人为之，谓之肩担戏。"这是清代戏曲作家李斗关于布袋戏的记载。

平和布袋戏传承历史悠久，可以上溯到清朝末年。据现在的掌班艺人刘良放和刘赞成讲述，100多年前有一个平阳人，去福建学艺，学成后传授给一位平阳山门人，避其名讳只称师公"山门国"。师公"山门国"颇有名气，在浙闽交界一带穿村走巷，天天演出。

布袋戏原是由我国古代傀儡戏衍化的一种地方戏曲，传说是一群

布袋戏偶

清兵来福建漳州驻防，经当地老乡介绍，退役后与本地女子成家，谁知一路生活艰难，于是他们左右寻思，将身上的手艺——北方布袋木偶戏发展了起来，用闽南话、闽南鼓词曲调演出，插科打诨深受当地人欢迎，后来又将规模和剧目扩大，添置了小舞台、小布景，操作技术得到很大改进，演出场所也有了变化，进入了堂屋、大院、祠堂等地。

刘良放师傅的祖辈是从平阳水头迁入文成平和郭头村的。刘师傅今年已经 60 多岁了，20 多岁时跟平阳师傅学了 3 年布袋戏。开始学的时候，老师傅会让徒弟先练习左右足有节奏地打锣，因为一台戏需要一个人完成，所以双足要练到熟能生巧，做到右足能脚踏架子打大锣，左足能脚踏架子敲小锣。过了一段时间，师傅觉得你技艺成熟了，就会让你学着操控戏偶，这个步骤练熟的话，就会找适当的机会让你上台演出。

布袋戏是用指掌操控戏偶来进行表演的，将食指伸进戏偶的顶端，拇指和其他三指伸进戏偶的左右衣袖内。一个人独立表演各行当、各人物。演布袋戏整个过程要求做到口、眼、心、手、足并用。口要能说会道、会唱，会扮演剧中的生、旦、净、末、丑各行当，会口技，如马嘶、鸟鸣、虎啸、水流声、羊咩等，也要会吹唢呐、竹笛、号角，还要做好每位出场角色的念白，把握好各人物的语气、情绪、节奏等。眼要做到"四看"，一看观众情绪，二看在小舞台上各布袋人物的调度位置，三看小舞台上人物的搭配，四看各布袋戏偶的行为和动作是否符合人物的特定动作和道具等使用情况。心要专心，台词、乐器操作、布袋戏偶动作、出入场任务、锣鼓点子等都要熟记于心。左右手要会多项操作：左手用于主要的布袋戏偶表演操作；右手灵活多用，主要负责敲鼓、钹、梆子，按唢呐、竹笛等，食指与中指间夹鼓槌，中指与无名指间夹竹扦，左右开弓打击各种乐器。足是负责敲锣的。除了要把握好布袋戏口、眼、心、手、足的分工合作操作外，还要及时地根据剧目人物需要，给布袋戏偶换上头盔、服装道具等。

刘师傅说，最初学这门手艺是为了谋生，当时村里木工和做篾工的手艺一天收入是两三元，而一场木偶戏表演就可以挣到七八元。布袋戏机动性强，演出方便，道具可以一肩挑。刘师傅讲述自己在演出的40多年生涯里，可没少挑布袋戏舞台和行头。现在随着行头的增多，

彩楼

小戏笼箱子就有 3 只，内置傀儡（称为"戏儿"）、刀枪把子、布围（围住小舞台使用）、定制小舞台、打击乐器（锣、钹、小锣、堂鼓、木鱼、梆子等）、自制操作乐器架（木制）、抽屉（带网，供傀儡木偶布袋人物上下场用）、灯光和音响（视情况与条件定多少）；大木箱 1 只，内置灯光、音响及其他物品；托档 3 条，用于戏偶登台托置。这些东西加起来 200 斤左右。以前条件好一点的戏班可以用小四轮推着行头，但条件一般的就要用肩挑着行头走街串巷去演出。

同村的刘赞成师傅告知，他 18 岁开始学布袋戏，现在 60 多岁了，到目前，已经演坏了 3 个布袋戏舞台，这第 4 个布袋戏舞台也已经用了 20 多年了，最近因为布袋戏舞台部分木架结构坏了，已被他带到平阳拿给雕花的木工师傅修缮。

布袋戏舞台小巧玲珑，不足 2 平方米，连台座，整个高度为 2 米，其雕刻精致，外观富丽堂皇，可以与庙宇殿堂媲美，又称之为"彩楼"。舞台内灯光简单，只有 2 只 100 瓦的白炽灯。其外观是师傅根据自己的表演需求，向木工师傅提出要求再进行制作的。其结构分盖、柱、底座等部分，可装可卸。

文成布袋戏演出戏目均为传统戏目，如《万花楼》《三月楼》《三合明珠》《罗通扫北》《粉妆楼》《乾隆下江南》等 200 多本戏。布袋戏偶人物基本为 20 厘米高，全部人物为 66 个，人物的头部、头盔、服饰、道具尽可随时替换。简单的布袋戏偶刘良放师傅会自己制作，稍微难点的他就需要去买了。

以前，布袋戏表演时间一般安排在晚上 7 点开始，演 3 个小时左右。刘良放师傅告诉我，早年间，布袋戏很受欢迎，他常常去浙江杭州、温州、福建等地演出，印象最深刻的是在杭州那一次演出，三四千人过来观看自己的表演。想起当年的盛况，刘师傅很是激动。他说，年轻的时候，自己一场演出连续 4 个小时都不觉得累，现在 2 个小时就吃不消了。刘师傅因为患有严重的关节炎，手指关节肿胀疼痛，他已经好几年没有演出了。

"帐前可演天下事，箱中能容世上人""一语道出千古事，十指搬弄百万兵"，一个人挺坐在木箱子上，独自唱白，独自配乐。对于生动有趣的布袋戏能走多远，60 多岁的刘良放老艺人很是担忧。

一木一浮生：木雕

　　木匠，又称"木工"，是一门传统而古老的行业。木匠是一个统称。"七十二行，巧属木匠"，意思是在传统的建筑行业里，木匠是核心。同是木匠，有的做大木，有的做小木。在文成，上大梁、盖房子之类的大物被称为"大木"，制作家具类的小物件被叫作"小木"。木工有着悠久历史，从民间建筑，到建造宫殿、寺庙等大型工程，木工的作用都是不可或缺的，老话里讲的三百六十行里最广为人知的老行当，木工算其一。

　　对于有着将近 40 年木工经验的胡志款师傅而言，无论是做大木还是小木，都不在话下。此刻，胡师傅正在堆满木料的工作间给定型的粗坯用砂纸抛磨。说起做木工经历，胡师傅说自己主要是受父亲的影响。谈起父亲，胡师傅表现出一脸的崇拜和自豪。他指着工作室凳子上的一套木雕工具，有雕刻刀、刮刀、搓刀等，笑着对我说："我的爸爸是个多面手，会木雕、做篾、打铁，这一套工具就是爸爸亲手打

木雕

造的。小时候，老爸干活忙，我就在边上拿着他的工具玩，从小耳濡目染，慢慢地也掌握了一些手艺。做木雕的，首先要学会画，说起画，这要讲起我 8 岁时的一个事情。一次，奶奶在做红肚兜，她让我帮忙画兰花，画的是那种老样式的花纹，那我就画了。奶奶见了我的画后，一个劲地说我画得好，从那之后我就来了信心。"说着这些经历的时候，胡师傅脸上总洋溢着温情的笑容，好像奶奶就在身边一样。

　　到了 18 岁，作为家中长子的胡师傅就主动向家人提出要跟大师学做木雕手艺。这时，他得知正好有一个手艺精湛的瑞安黄岩铁师傅在玉壶做木雕，于是托人推荐，拜黄师傅为师。在做学徒生涯的 2 年时间里，他潜心跟随师傅学习木雕技艺，每天早上5点爬起来干活，一边跟着师傅学，一边自己研究摸索。胡师傅说，他最喜欢的就是到一个地方看人家设计的图纸，看地方古建筑，经过与前人的对比分析，取长补短，不断提升自己。想起当年，胡师傅感慨颇深："我至今都有一个习惯，睡觉的时候，只要人一叫我名字，我立马就会醒过来。这是在做学徒时，被师傅叫习惯了。"经过2年时间的打磨，胡师傅就开始带徒弟，跟他学的徒弟基本上都出师了，在地方上都小有名气。说着，胡师傅带我来到位于后间的他的工作室，这里就好像一个小型的展览馆，摆满了各式各样的作品，《酬勤财神》《回娘家》《此心安处是吾乡》《悟道出山》《缘》等10多件作品是他的得意之作。每个作品的原材料基本都是别人丢弃或者用来烧火的废材料，有山荔枝根、红豆杉、檀木等，这些材料经过胡师傅的巧妙构思和一刀一刻、一锤一凿，又重新焕发了生机。

之后，胡师傅又带领我来到地下室，室内的墙角堆满了木材，两个师傅正有条不紊地在绘好图样的木板上雕刻。随着凿子的深入，被凿过的地方留下光滑的印记，好似抹上了一层"油"。胡师傅告诉我，这就是刀工。据他回忆，他做学徒的第一天，师傅就让他先学会磨刀，一个师傅技艺好不好首先看他的工具，看工具磨得锋利不锋利。如果刀刃上出现白点，刻出来的作品就会粗糙。俗话说"磨刀不误砍柴工""三分手艺七分家什"，讲的就是这个理。练完刀工，练敲功，敲功要是练得不扎实，就会一敲一个疤，到处是齿痕。说到这，师傅拿起锤子和凿子给我演示了一遍。只见师傅一手捏着木槌，一手拽着刻刀，随着木屑的舞动，木板表面变得异常光滑，看不出敲打过的刀痕。看着师傅们利落的刀法，我大开眼界，不禁走上前和胡师傅的学徒们交流起来。

"师傅，您是什么时候开始学这木雕的？刚开始学，手'吃'过刀子吗？"坐在眼前的师傅也姓胡，叫胡和轻，1983 年出生，见我对他的木雕手艺感兴趣，略显腼腆，笑着说："18 岁开始跟着胡师傅学了，差不多跟他 20 多年了，刚开始学的时候，手上每天都'吃'刀子。"说着，胡和轻师傅伸出自己的手指，上面布满大大小小的伤痕。此时，胡志款师傅也伸出了自己的手，右手手背上的一条疤痕触目惊心，他却很轻松地说："做木工这一行，靠的就是一股'傻劲'，太'聪明'学不了。"看着眼前优秀的徒弟，胡志款师傅引以为豪："我这个徒弟是很认真的，也很能吃苦，现在技艺不得了，到处有人叫他。"又给我指了指横在木架上方的精美佛刻作品，"那就是他雕的，过段时间他要去市里比赛，这是他比赛用的锯子。"说着，胡师傅拿起一个类似于弓箭的锯子告诉我，这个锯子是徒弟自己做的，这也是以前老木匠常用的锯子。仔细一看，扎牢在竹条上的钢丝密密麻麻布满锯齿。

在工作车间里干活的，还有一位叫张仁胜的师傅，原先他是跟自己舅舅学的，后来经黄岩铁师傅推荐，这 16 年来，一直跟随胡志款师傅学习。胡师傅告诉我，他自立门户后前前后后共带了 10 个徒弟，基本上是同村的村民，大多家住非常偏远的山区，掌握木雕手艺后都脱离了贫困。"那么，这些徒弟有工资吗？工资是多少？"我问道，听我这么说，师傅乐开了，将手轻轻地搭在胡和轻师傅肩膀上："按现

在绘好图样的木板上雕刻

在工资标准计算，一天最低工资是 400 元，你看一年是多少，最忙的时候一年有 320 多天都要干活。就拿我这个徒弟而言，靠着这个手艺，现在在县城买了房子，娶了老婆，还养育了一儿一女。"听师傅说着，坐在边上的胡和轻师傅也不好意思地笑了。"那这位师傅的情况呢？"我接着问道。"张师傅啊，现在有自己的存款喽！"胡师傅这么一说，大家都笑开了。

胡师傅还告诉我，跟他学手艺的还有他的妻子，妻子力气大，而木雕需要的就是力道和巧劲，现在妻子的手艺和他不相上下。如今胡师傅有了自己的团队，基本上一个项目承包下来，任务多的话就让徒弟们帮忙做，有时候，自己师傅忙的时候，胡师傅也要跑到瑞安帮忙。因为手艺好，胡师傅带领的团队，当地人都很喜欢。

有空的时候，师傅会雕刻一些作品去参加比赛，作品《回娘家》荣获第八届中国木（竹）雕展优秀作品银奖，作品《此心安处是吾乡》在 2019 年中国（温州）工艺美术精品博览会上荣获 2019 年"快鹿杯"工艺美术创新设计大奖赛金奖。我数了数获奖证书，省级以上的奖励证书就有 11 本。2020 年胡师傅曾被授予"温州工匠"荣誉称号。

在双桂桂东村，还有一位多才多艺的师傅，能写会画，既会泥塑也会木雕。王师傅 18 岁开始进入社会学习手艺，现在已经 59 岁了，在学会泥塑的同时，他也学会了木雕。他说，其实手艺之间是相通的，"一理通百理通"，主要靠的是自己的练习和研磨。王师傅木雕佛像刀法熟练流畅、线条清晰明快，刻出来的人物美丽无比，给人带来强烈的视觉震撼。家中的佛像阿弥陀佛，目微闭，似在静思，两耳垂肩，面丰满，神态慈祥，结跏趺坐于双层束腰莲花宝座上，双手置脐下结定印。我问王师傅，为什么所刻佛像的眼睛都是闭着的。王师傅告诉我，因为佛是眼观鼻，鼻观心，用心看世界，寓意"常观己过，不盯人非"。也有人说展现的是一颗慈悲心，菩萨们不舍六道众生，同时又不忍双目全睁看到六道众生的痛苦。

在佛像雕刻中，首选材料是樟树。此树通体散发香气，树质细密，纹理细腻，质地坚韧且轻柔，不易折断，也不易产生裂纹，具有耐腐、防虫的作用，是雕刻的良材。选定木材后，王师傅会根据客户需要，用卷尺量长短，计算出作品的高度，接着就开始凿坯，根据作品层次，用斧头凿出大致轮廓。王师傅告诉我：如果是盘腿的佛像，身体和头部的比例可以设定为 3.8∶1；如果是坐着的佛像，身体和头部的比例是 5.3∶1；如果是立着的佛像，身体和头部的比例是 7∶1 或 7.5∶1。这样造出来的造像整体比例才会协调，佛祖面相看上去也会更加饱满。要是仙女的比例，那下半身的比例就要长了，可以初步确定为 7.5∶1 或 8∶1 的比例，这样才能体现仙女流畅的线条与优美的身段。王师傅雕刻佛像不需设计草图，只需根据脑中的形象进行"运笔"，由前到后，由表及里，层层推进。粗坯形成后，还需要花几日的工夫进行细细雕琢，直至形成心中的人物形象。

木雕佛像所用的工具比较多，有凿子、斧子、平刀、斜刀等大大小小 30 多样工具。在运用斧子凿粗坯的时候，力度把握要刚好，不能太重也不能太轻；刀具的运用也一样，太重就会破坏作品，太轻了就刻不出样子。一尊人一样高的千手观音，制作 1 只手需要 1 天时间，48 只手就要 48 天（48 只手中 8 只是法身手，40 只是报身手），另外还要做 952 只化身手（化身手也有 200 只或 500 只不等，按地方主家要求的大小而定），加上佛身和莲花的制作，一尊千手观音佛像的完成差不多要花费 5 个月之久的时间。

完成作品粗坯后还要进行细细打磨，需用砂纸抛磨，大处用粗砂纸打磨，小处用细砂纸打磨，直至作品形象达到心中理想的效果。之后再上漆，由于木能"吃漆"，所以上漆要多上几遍，上第一遍漆，间隔一段时间，再上第二遍，如此反复三到四遍，漆才能刷均匀，上漆完成后再用很细的砂纸打磨。经王师傅精雕细琢后的佛像慈祥端庄，双目微闭，神态逼真。

很多时候，我们看到寺庙的佛像呈现的是金光闪闪的样子，这是给佛像贴金的效果。贴金是一个慢工细活，费时，费工，又费精力。一张金箔薄如蝉翼，四四方方只有 9.3 平方厘米面积，小佛像一平方米就需要 150 张以上的金箔，而一尊高 6 米的千手观音需要 6000 多张金箔，贴金凭的就是耐心和毅力。在贴金前，先用贴金胶或生漆油涂抹一遍，到第二天把金箔一张一张慢慢地贴上去，之后，用专用软毛笔刷掉多余的原料。贴完后，在金箔外面再加一层透明漆或生漆。贴金后的佛像，通体金光，有雍容华贵之仪态，加上王师傅刀工细腻，

佛雕

眼前的佛像神态更加威武逼真，纹饰更加生动。

　　由于王师傅会塑、会雕、会贴、会画，技术闻名遐迩，常引来各大寺院住持登门相邀，所以王师傅与妻子两人都常年在外。前段时间他刚从台州回来，再过一段时间又要去江苏盐城一座寺院进行传统木刻佛像修复。

　　"一花一世界，一木一浮生。"木雕匠人的时光在一刀一刻中流走，他们用自己的坚持和磨砺以刀代笔，让木头重生，刻画了万千世界，让千年的木雕技艺再次延续。

悬丝善舞：提线木偶戏

　　我记得小时候，每到正月的时候，村子里总是很热闹的，村干部们常常会叫来木偶剧团在文化礼堂里唱个三天三夜，戏台周围围满了大人和小孩，如今虽然看的人不多，但叫木偶剧团来演戏的惯例却一直在。"锵锵—锵—令—锵—"，随着锣鼓的响起，穿着各色衣裳的木偶在提线师傅的操作下，扮演着帝王将相、生旦净末丑，在方寸舞台上演绎着百态人生。村子里请木偶剧团过来唱戏，主要是唱太平，以求村子风调雨顺、平平安安。

　　据史料记载，文成木偶戏明初由泰顺传入，与泰顺木偶戏同出一源，多为提线木偶。民国期间最为盛行，全境（指当时隶属瑞安、泰顺、青田，后归入文成的各个地方）有木偶戏班达50余个，其中数名盛一时的胡岩袍班技艺最为高超，传说胡岩袍可以用木偶接飞箭。文成的木偶戏虽源自福建，传自泰顺，但几百年来已在文成生根发芽，得到了良性发展。

木偶戏舞台

木偶

　　表演了 50 年木偶戏的刘爱忠师傅告诉我，文成的木偶剧团现在还剩下 14 个，于珊溪、南田、玉壶等地各有分布。以前木偶戏非常受欢迎，从正月初一直唱到 3 月，3 月回家种好田，到 5、6 月又出去唱戏，一直唱到 8 月回家，等秋收割完稻子再出去唱戏，一直唱到 12 月，农活和唱戏两不误。一个村基本要唱 30 多天，大一点的村子唱的时间可能更长，唱戏的费用一般由村子出，也有分摊到户的，有些戏剧情长，要个把星期才能唱完。刘师傅还说，木偶戏一般早上不唱，因早上是农户干活的时间，从下午 1 点开始唱，以前看戏的人可多了，人挤人，基本是从下午 1 点开始表演到 5 点 30 分，然后休息一会，7 点再唱，唱到深夜 12 点。由于看戏的人多，演绎的故事也会多一点，但现在随着时代的发展，人们的娱乐活动也多起来，出演的机会基本是在正月，以唱太平戏、发财戏为主，给村子唱唱平安。刘师傅 19 岁开始演木偶戏，今年已经 69 岁了。文成的提线木偶一般都是从泰顺、平阳一带买的，不过木偶的胸腹要自己做，以竹制为主，南田现在还有师傅做这一行业。演木偶戏最累的部分是武戏，木偶每个关节、每个动作的展现，都在木偶师傅的指尖操作，很费体力和精力。不过虽然现在看的人不多了，但刘师傅依然会排演好每一场木偶戏，将完美的剧情展现给观众。一份执着、一份坚守，这就是手艺人的初心不改。

　　同样演木偶戏的周光海师傅从 13 岁就开始跟随木偶剧团走南闯北，自幼耳濡目染，渐渐地，周师傅学会了吹拉弹唱等各种本领，对提线木偶的热爱也在心里扎下了根。他告诉我，他跟木偶剧团的缘分要从 7 岁开始说起，那时候他因为某种原因没法上学，然后父亲就让

周光海师傅拉板胡

他帮忙给队里放牛挣工分，由于正月里，村子里常常会有木偶剧团过来演出，他就对后台师傅的乐器产生了浓厚的兴趣，于是就砍了山后的竹子开始自制京胡，看多了，摸索多了，他8岁就已经学会了拉京胡。木偶戏表演分前后台，前台是由艺人操作木偶表演，后台为乐队，表演语言为瓯白，曲调京瓯，音乐是京瓯的词曲牌为主加锣鼓，这就会用到板胡和京胡两种乐器，因为剧团的收入有限，所以现在团里的板胡和京胡都是周师傅自己做的。

　　讲到这，周师傅就跟我津津有味地聊起了制作京胡和板胡的过程。他说，制作京胡，底部的筒子至关重要，要到山中挑选上好的竹制材料，一般上了年岁的山竹是最好的，然后根据调门的高低，用工具截取一定比例的竹筒。由于山中的竹筒不怎么圆，这就需要放进锅里煮上一段时间，把竹子煮软，再拿来和筒子差不多大小的玻璃杯，在筒子的前后各套上一个，这样做的目的是将竹筒弄圆，之后将竹筒晒干。一个竹筒估计要晒个一年半载，这样晒干的竹筒，发音效果才好。接着将晒干的蛇皮套在竹筒一侧。蛇皮是京胡发声的震动膜，以黑色为最好，套蛇皮之前需将蛇皮放在水里泡软、晒干。套蛇皮的时候得提前用竹篾箍成一个圈，将圈子提前用布包好，之后紧紧套在已经粘了胶水的蛇皮筒子上，这样做的目的是将蛇皮和竹筒紧紧扎牢，现在这个程序由上模架完成。下步是在晒干的筒子边口四五厘米的位置打孔，插入细小点的乌竹，以此作为京胡的琴杆，然后在轴孔上下缠上黑色尼龙线，装上木轴，上弦，最后装上"S"形千斤钩，其宽度与音色有关，音色不理想时，调整千斤钩会起到很好的作用。制作板胡的过程与京

木偶剧团后台

胡有所不同，板胡的底部材质来源于椰子壳，不用像京胡一样蒙皮，而是用桐木板，其琴杆的材质用木质材料制成。

说到这些的时候，周老师兴致上来，即兴用京胡和板胡各拉了一首曲目，抑扬顿挫。我发现京胡拉出来的声音特别有穿透力。他告诉我，京胡主要用于木偶戏台唱京剧配乐，板胡是唱瓯剧用的。他拉京胡和板胡时，会将琴筒置于左腿正中央，琴杆向左稍倾斜，左手持琴杆按弦，右手执马尾弓夹于两弦间拉奏。周老师能拉会唱的本领着实让我佩服。

一个木偶剧团的演出不但需要京胡、板胡、锣、鼓、唢呐等乐器配乐，还要有道具和木偶。一个木偶的价格要 1000 多元，一般一个木偶剧团需要 40 多个木偶。要是戏剧内容丰富，那么就需要 60 多个木偶。周师傅比画着双手，笑着跟我说，一场木偶戏下来最艰难的是演出前和演出后对木偶的整理，布置一个舞台，是只见木偶不见人的，人站在帷幕后的高处操控木偶。一个木偶基本由 7—17 根线操作，这些线都汇聚在一个竹板上，竹板是木偶的"中枢神经"，每一根线又都分布在木偶的头部、手臂、肘、腕、指和腰、腿等身体各个部位。木偶师傅左手拿着线板，右手通过对线的拨动来操控木偶，才能将木偶表演得活灵活现，再加上舞台布景、配乐和师傅的唱、念，看整场戏就像是在看一场百态人生。

一个木偶有 60—100 厘米的身高，提线有 1 米多长，重量差不多 5—8 斤。最累的时候是一个人又要唱，又要提线，每一个动作和唱词都要搭配到位，动作要做到干净利落，剧情又要演绎得流畅到位，才能让观众看得过瘾。手艺人吃饭靠的就是手艺，手艺好了，才有立足之地。

说到这时，我听到周师傅沉重的叹息声，他停留了半晌，有一阵恍惚，仿佛回到了过去。他调整好状态，接着说道，以前演得最多的是《三英会审》《征西》《狄青回朝》《圆梦记》《送信得银》《黄金满地埔》等，基本从正月演到三月，现在随着电视、手机的出现，看戏的人不多了，这门行业也不景气了，自己的孩子也不愿意学。如果有人学，他还是愿意收学徒的，毕竟这门技艺需要传承。

捏一把乡愁：米塑

　　米塑是文成的传统手艺，由于文成地处浙南山区，大米、红薯是主要农产品，而大米是米塑的主要原材料。据了解，文成米塑历史悠久，在明代，民间就有以米粉为原料制作寿桃、冥斋等物，用于祝寿、祭祀等习俗；到了清代，则出现了专业米塑艺人，他们开始尝试制作米制戏剧人物、动物、瓜果蔬菜等，广受欢迎，米塑制作技艺也日臻成熟，并不断传承、发展，形成了一定规模。至今，在文成建房、小孩"送对周"、丧葬等各类民俗活动中，还可以看见米塑的身影，人们通过将米捏成猪头、鸡、鸭、鹅、桃子等各种动植物模样，作为各种祭祀的供品，以祈求平安吉祥、风调雨顺、人寿年丰，寄托了人们对美好生活的向往。

　　在双桂，有一位1968年出生的米塑艺人叫张玉瑶，制作米塑已30余年。她从小就喜欢看父亲做米塑。在张老师的记忆里，父亲是一个多面手，会木雕，会画画，会塑佛，也会米塑。谈起父亲，张老师是满脸的骄傲，她告诉我，父亲是她最钦佩的人。在大集体年代，人们都要参加生产队的劳动，靠挣工分过日子，父亲除了空闲时间种地，一有空就到公阳、平和、周山、岜口等地给需要做老式床（六七十年代的木制架子床）的主家画戏曲人物，这是一种用清漆打底，再贴上锡箔，勾勒墨线的手艺。他用勤劳的双手养育了 7 个孩子，在张老师的记忆里，父亲总是很忙，时常是干一天的活，半夜才回到家。那时候，从公阳到平和再到周山都是要翻山越岭的，没有汽车，唯一的交通工具就是一双脚。由于家庭人口多，条件有限，父亲就对孩子们发话了：每个人读到小学毕业。1962 年出生的大姐很听话，读了小学就没再读了；老二求学心切，一直读到了初中；排行老三的张玉瑶有了二姐的带头也顺顺利利地读完了初三。

初中毕业那一年，她 16 岁，就在家里跟着父亲学米塑手艺。其实心里也有过纠结，她寻思着：不读书就要学手艺，不然和其他女孩一样，再过几年就要嫁人。就这样，在两年的茫然时间里，父亲要是被一些主家叫去做米塑，都会带上她，父亲做戏曲人物，她就做橘子、桃子等水果拼盘。每次做米塑，主家都会提供午饭和点心，男人要是会吸烟，主家还会给一包烟。那时候，木工一天的工资是 2 到 3 元，而做一次米塑就有 5 元，后来渐渐涨到了 7 元。

20 世纪 80 年代后，随着市场经济的冲击，米塑逐渐淡出人们视野，张玉瑶父亲只能改行做泥塑。据她回忆，一天，父亲匆匆忙忙说自己要去外地做佛塑，叫她赶快坐下来学怎么做米塑人物。刚做人物的时候，她把人的脸做得特别长，父亲就对她做的米塑进行针对性的指点：

张玉瑶老师米塑作品

人脸长了就显老，这个部位要做短点。

张老师待在家里的两年时间里，时不时，左邻右舍会问："唉，你成绩这么好，怎么不去读书啊？"在亲戚朋友邻居们的追问下，她的心开始动摇了：得去读书。父亲见女儿想上学，咬咬牙："想读书就去读吧。"重新回到校园的她无比珍惜这个机会，刻苦学习。

想到过去，张玉瑶老师粲然一笑。我问张老师，在米塑生涯中最难忘的事情是什么？她告诉我："第一次独自一个人去做米塑，是平和一个主家叫的，那时候，爸爸在福建塑佛，我真的紧张死了，就怕做不好，一个晚上都没睡好。"说到这，张老师脸上掠过一阵激动，好

张玉瑶老师米塑作品

像回到了第一次做米塑的场景。"那后来有做成吗？"我继续问道。"有啊，做好了，把工钱也拿回来了，挣了 6 元钱，开心了一整天。"讲到这，张老师满脸笑容，"后来，陆续又接了好多单子，每次我都把挣到的钱给妈妈，妈妈也很开心。还有一次，与爸爸合作过的一个师傅让我去画床板的画，也把我紧张死了，后来也顺利过关了，挣了 13 元。"米塑和画画也直接影响了张老师的高考志愿，在志愿单上，她直接就填报了美术专业。1989 年她考上了温州大学。

张老师做米塑有自己的经验之谈，她说："做米塑，一定要先对真实的物品，比如说橘子啊、带鱼啊，这些都要买过来进行研究，这样做出来的才像，才精致。"说完这些，张师傅现场给我捏了一个小人，几分钟的时间，原本一个圆圆的团子，通过她的手，呈现出了眉毛、鼻子、眼睛和幽默的表情，非常滑稽。在她的家里，我还看到了很多作品：看手机的老夫妻，壳面光滑的螃蟹，色泽亮丽的鲳鱼，具珍珠样光泽的淡菜，鲜艳可爱的橘子……各种作品栩栩如生，形象逼真，色彩丰富。她在米塑的防腐上做了一些突破，2016年制作的米塑作品至今还保存完好。张老师说，经过防腐的米塑作品也要小心保存，最好是密封在盒子里。

如今做米塑的时候，张老师还会想起早已离开人世的父亲。提到父亲，她眼里饱含泪水。她说："爸爸是2004年去世的，他卧病在床的时候，我还给他捏了一个小侍女，爸爸还夸我做得真好。"说到这，她哽咽了一下，叹了一口气，"爸爸要是还在，看到我现在做的米塑，一定会很开心。"坐在一旁的我也深深受到了触动。

在当地，还有一位90岁老人叫叶永夫，从事米塑手艺已有60余年，他25岁开始和双桂当地的米塑师傅学手艺，在此之前曾是一位乡村教师。叶老师回忆，自己的师傅的手艺也是和当地的老艺人学的，按照三代相传时间计算，双桂的米塑手艺至少可以追溯至清朝时期。至今，通过双桂人辈辈传承，米塑已成为一种谋生手艺，当地就有人将米塑的店面直接开至温州市区。

做米塑是一个细活，需要一定的体力和耐心。事先要准备好制作原料——晚米，晚米是一种生长期较长的稻谷，它的晶质特征相对于早米会好很多。要先准备好颜料，用得最多的颜色是红、黄、绿、青、白。再将晚米用石盘磨成粉，磨好后倒进盆内，用水拌匀。制作时，要一边搅拌，一边按照米粉的分量加水，要掌握好水的量。水加多了，米粉就会成为糊状；水少了，米粉就揉不成团子。之后将米团子一个个扔进沸腾的水里煮熟，再用笊篱捞起放在板上。将米团子捞出来后要趁热揉，需将原先分散的团子揉成一堆，再经过反复揉压，直到把米团子揉到热气散去为止。这样揉出来的坯料制成的作品，其外皮短时间内就不易风干破裂。

为了更好地进行米塑作品创作，需要将颜料和米团掺和起来当作颜料使用，就像我们捏橡皮泥一样，一个团子一个颜色。煮熟的米团子具有很强的黏性，为避免粘手，叶老师每制作一个作品就会在板上涂抹上一点蜂蜡。老师傅制作的抛梁馒头与我在别处看到的抛梁馒头不一样，他制作的抛梁馒头顶部的颜色更加绚丽多彩，也更加精致。在叶老师的操作下，抛梁馒头的顶部就像绽放开了一朵七彩花，是那般绚烂。运用这个方法制作抛梁馒头需要花费一定的时间和技巧，有人为了寻求简便和快速，去掉了做花纹的程序，所以现在的抛梁馒头大都是在白色的米团子上点几个小红点。

制作寿桃的方式也和制作抛梁馒头的方式差不多，寿桃有长嘴和扁形两个形状，长嘴的寿桃通常用在祭祀活动中，扁形的主要用在迎佛仪式或者孩子的"送对周"习俗上。据《文成县志》载："送对周"习俗也叫"送码周"。用在这个习俗上的扁桃由外婆家人送给外孙家人。听老人们说，用于这个习俗上的寿桃数量非常庞大，需要几十斤的晚米坯料，差不多每个亲戚和邻居都要送上一对，这样做主要是祈求孩子能平安长寿。

相对于做抛梁馒头和寿桃来说，做米塑人物，程序要复杂得多，

叶永夫师傅传授米塑制作技艺

主要运用揉、捏、刻、压等手法。第一步是做人物的下半身，叶师傅先把团子搓成长条形作为人物的身体，再用细竹篾从底部贯穿，以竹作骨架子，然后用米塑搓一根长条，粘在身体上端，作为人物手臂（如果做身体的材料较多，也可以在顶部着手，按比例从正中入手掰开成两半，捏成人物手臂）；第二步是摘取有颜色的团子压平，用手提起，将反方向的一面，即粗糙的一面贴在身体上，作为人物的服饰；第三步是雕刻头像，这个需要事先计算好人物五官、脸部的比例。叶老师说，最难处理的就是人物的表情，这需要对米塑皱褶进行适当处理，特别

叶永夫师傅米塑作品

是要抓住人物的特征和颜色的搭配；第四步是对头像的表情用笔进行细描，使人物表情更加鲜活；最后一步就是将头部和身体通过短竹签进行衔接。经过一个多小时捏制，一个栩栩如生的仕女就展现在眼前。虽然叶老师很久没做米塑了，但技艺仍然娴熟，制作的人物颜色丰富，鲜嫩灵活，造型优美。

从叶老师那里得知，关于米塑还流传着这样一个故事。说是以前有一家富人和一家穷人，这两家人都忙着举办一个祭祀。富人家里摆放了很多用米塑制作的小人（祭祀用的米塑也叫"冥斋"），所以村子里的人差不多都到富人家看热闹去了，而穷人家的桌面摆放的米塑非常简单，没有花鸟虫鱼，所以门前冷冷清清。为了拉拢人气，第二年穷人家也制作了很多形态各异的米塑人物，慢慢地，这家人门前聚集的人数也多起来。村里人讲究的就是热闹，人气旺，这样家里人丁才兴旺。

据叶老师回忆，以前最忙的时间，一天要做 16 个"寿队"，一个寿队有 2 个人，也就是说一天内要完成 32 个米塑人物的制作，这个工作量很大，差不多要忙上一天一夜，因为客人第二天就要用，那还不得连夜赶出来。现在随着群众思想观念的进步、封建迷信的破除，米塑现身民俗活动的机会越来越少。加上米塑制作耗时极长，作品售价与工料成本和实际价值严重不成比例，这也极大地制约米塑的传承与发展。

时过境迁，叶老师已经好几年没做米塑了。由于米塑作品保存时间不长，现在的他只是用黏土捏一些小人和水果盘，通过出租给客人祭祀的形式赚取一些家用补贴。他表示要是有人学，自己是很乐意教的，毕竟这个手艺需要传承。

与叶老师见面后的第二周，我带上了爱好美术的女儿上门学习，老人家显得非常高兴，一边做，一边给孩子讲解。当我们离开他家的第二天，老人家还不忘打来电话再三嘱咐：跟孩子说，第一次学要有耐心，等你们下次再来，我找一个更长一点的面板，学个一整天。不知为何，接听电话的那一刻，我的心充满感动。其实从叶老师那儿一回到家，女儿就一边端看着老人家的米塑作品，一边也在捏、揉、刻中细细思考着，一个稚嫩人物的脸型正在她手中渐渐显现。我在想，也许这就是——传承！

点化方寸顽石：石雕

　　说起石，眼前总是不禁展现《红楼梦》开篇那一块巨石，石头原是女娲补天剩余的顽石，经过僧人点化，成了一块美玉，后来这一石头被一僧一道携入凡尘，演绎了一段以"木石前盟"为主线的凄美爱情故事。《红楼梦》中的"石"由人世雕琢，凡尘中的石由工匠雕琢。由普通粗糙的石块变成精美石雕，这个蜕变需要雕刻工匠的精湛手艺。对于一个工匠而言，石头似乎都是有灵性的，与良石的相遇似乎也成了一种缘分。为了深入了解石雕，我坐上了开往玉壶的车，去寻找石雕艺人的故事。

　　初次来到胡植柱的工作室里，发现室内的桌面上摆满了琳琅满目的石雕作品。每一件作品在展现玉石天生丽质的同时，也在诉说着"石与人"的动人故事。他说："作品里倾注了我的很多心血，最初学这门手艺，手上'吃'了多少刀已经记不清了，雕刻这门手艺靠的就是'大胆''心细''勤快'，加上要有'耐心'，有时候一件作品需要花费3

年的时间才能完成。"可相比于在国外服装厂里干活一天只睡五六个小时经历的苦而言，现在的苦对他而言，已经不算什么了。

玉壶属于侨乡，胡植柱和胡植树就出生于玉壶。由于整个文成地处山区，谋生的出路有限，为了给家里创造好的生活条件，1998 年胡植柱的父亲就向亲戚借钱先行出国了。胡植柱记得，小时候，家里条件不是很好，大米都不够吃，基本上要混合番薯丝一起煮，一餐饭里，很少看到米粒。所以当地的孩子一到 10 多岁，家里人就会把他们送到国外去了。清苦的日子就这么一天天过了，不知不觉兄弟二人也慢慢长大了，很快胡植柱、胡植树也到了可以出国的年龄。2005 年 11 月 21 日，兄弟二人和母亲一起登上了飞往意大利的航班。那时胡植柱刚满 13 岁。来到国外的他，第一次切身体会到了父亲挣钱的不易。服装厂上的是夜班，工资是计件的，所以父母亲每天基本是 13 点起床一直干到第二天凌晨 5 点，一家人吃饭基本是在厂里食堂解决，4 口人就挤在服装厂三楼一间 20 平方米的宿舍里。厂里吃饭的时间也和国内不一样，早餐是 13 点吃，午餐是 18 点，晚餐是 23 点。

懂事的胡植柱就想给父母亲减轻负担。在意大利上学的时间是 8—14 点，早上，他就吃两块饼干填肚子，7 点准时骑半个小时自行车去学校，临近中午时间，同学们在教室、走廊吃午餐了，他就故意去找隔壁班的中国校友玩，别人问他吃了吗，他都说吃了，就这么忍着饥饿，一直熬到 14 点后，再骑自行车回家，到服装厂食堂随便吃点，基本是食堂剩下什么菜他就吃什么菜。这样一顿午餐可以省下 2—3 欧元，那时候的 1 欧元相当于人民币 10 元。刚到意大利的第一个月，他基本是吃完午餐后，就留在厂里帮父母翻衣领、剪线头。之后，他就上午读书，下午和晚上在厂里上班挣钱。由于人口多，他家基本上可以按照一个流水线去做，父亲负责打边、细边、平车，母亲负责打边、平车，哥哥则负责打边，而在一家4口人当中，他是唯一可以精通所有活儿的人，打边、细边、平车、卷边、双针、割边样样都会。由于常年的锻炼，他也成了厂里的业务能手，1分钟可以做4到5个领子，双针和卷领的技能在厂里也是数一数二的。这段经历，使他形成了做事就要做最好的好强性格。

在国外的光阴就在忙忙碌碌中度过了，转眼，胡植柱18岁了，胡植树20岁。在此期间，他们都考了驾照，也熟练掌握了意大利语，可那一年兄弟二人产生了回国的念头。

父母见孩子们想回国，又不舍，劝慰道："既然出国了，也掌握了语言，就要想办法留下来，还不如去创业。"有了父母的支持，兄弟二人顿时来了信心，说干就干，他们确定目标，整理行装去了另一个陌生的地方——Modena省，那个地方也是法拉利品牌的所在地。Modena省聚集着很多中国人。2010年兄弟二人就在当地办了一个服装厂。不巧的是，那年正值欧洲经济危机，厂里的境况很不乐观，订单时有时无，常常出现有订单没工人、有工人没订单的情况，所以兄弟二人就经常自己做，甚至出现为了赶出货产品，一天只睡一个小时的情况。

没有订单的时候，兄弟二人就得出去找货源，由于对当地地点不是很熟悉，而他们的诺基亚手机还不具备导航功能，于是他们就特意

放洞镂空

到店里买了一个导航仪，对照一张记录外国公司的地址和名称的黄页，借助导航的功能，挨家挨户去推销自己的产品。创业的路上充满艰辛，他们处处碰壁。

　　一日，兄弟二人听说有个大公司货源非常充足，就驱车赶到了现场，谁知公司门前已经排满了几十个办厂的中国人。胡植柱看到，很多站在周边的外国人好似在看戏一样看着排队的中国人。这个场面，让他们兄弟二人有些心酸，下定了回国的决心。他们简单处理了服装厂，设备啊、针线啊，凡是能送的都送给了亲戚，几十万的血汗钱也就这么没了。回到家中的胡植柱坚定地对父母说："如果在中国也能为了工作只睡一个小时，那我去搬砖都能致富。"于是2012年5月15日，他们踏上了回国的航班。

在胡植柱的脑海里，一直记着这么一句老话："雕花盖房子最难。"自己盖不了房子，那就去学雕花。回国半月后，他就开始了自己的寻师之旅。出发前一天，他就向当地人问了开往青田的班车的发车时间，5月31日4点，他早早就起床穿衣，来到南田卫生院旁等车。6点整，他坐上班车准时出发去了青田，心里充满了期待。经过3个小时的颠簸，车子到了青田站，他赶忙下车，带着好奇心转了一圈，可走了半天也没看到一个石雕厂或石雕店，一问才知，自己坐了相反方向的车。

正当他有些迷茫的时候，他在路边看见一辆汽车，车头窗玻璃上写着"山口—青田"。想都没想，他就坐了上去，并笑着对售票员说，到了山口镇叫一下。蒙蒙眬眬不知坐了多久的车，只听见售票员提醒说"山口到了！"。胡植柱随着人流下了车，这一看，令他十分震惊，好多石雕，而且镇上布满大大小小的石雕作坊。"这么多石雕作坊，我怎么知道哪个师傅好，哪个师傅不好呢？人品？技艺？况且师傅愿不愿收还是一个大问题。"他心里充满了疑问，于是，沿着一条小溪漫无目的地走着、看着，心想着："要不先回去，下次再来。"可是，另一个声音告诉他，不能这么一无所获地回去。他看见临近有一家网吧，就走了进去，心想："不懂，可以问百度嘛！"他就在网吧查了半个小时关于青田石雕的资料。

掌握了青田石雕的基本资料，心里也有了个底，他不再那么慌乱，就带着目的继续在山口镇上转悠,终于发现了山口镇的"中国石雕城",店铺里的石雕作品琳琅满目,这让他兴奋不已。他想:"这些店铺要么是大师本人开的,要么就是和大师有关联的人。"一路上,他就边欣赏作品,边找寻师傅,在一家店铺门口打磨石雕的师傅引起了他的注意。老师傅很是面善,这让胡植柱没有了距离感。他大大方方地上前问道:"老师傅,我想找青田师傅,我想拜师学艺。"后来,他才知道眼前这个师傅叫叶军善,是青田县的政协委员。老师傅听眼前这个后生这么一说,很是惊讶,愣住了:"我在山口这么久,几十年从来没有一个人拜师是你这样找的。"也许被小伙子的诚恳感动到了,叶师傅笑着说:"我帮你问问我弟弟吧,他是浙江省工艺美术大师。"叶师傅拨通了电话,可他弟弟说自己店里的徒弟很多了,根本坐不下了。听着这个话,站在旁边的胡植柱有些失落,又不舍得走,他静静地看着店里的石雕作品。叶师傅看着小伙子对石雕很是着迷,安慰道:"名师出高徒,你一定会找到一个好师傅的。"突然,他又想起什么,"我想到一个人,可这个人好多年不收徒弟了。"于是,叶师傅又当着他的面打了电话。没想到电话里的黄余呈师傅,竟然答应收他为徒了,这把胡植柱乐坏了,他一直在叶师傅店里待到下午5点才回来。其间,这位热心的叶师傅还带他去黄师傅的工作室转了一圈。离开前,中国玉石雕刻大师、浙江省工艺美术大师黄余呈师傅半开玩笑半严肃地说道:"既然答应了,我也就收你为徒了,但我教徒弟非常严格。"胡植柱认真地回答道:"我从海外回来,能吃苦,或许我做不到你工作室最勤劳的,但我绝不会是最懒的。"那天夜里,由于太晚了,他就在镇

精雕细刻

上的唯一一家旅馆住了一晚，由于太兴奋，那天晚餐他都忘记吃了。就这样，6月13日，胡植柱开始了自己的学艺之路。

在3年的学徒生涯中，他每天早上7点多起床，一直做到晚上9点，忙的时候，甚至做到晚上11点多。做学徒期间，擦伤还有起水泡是家常便饭。最让胡植柱难忘的是将一个不规则的石头通过一刀刀手工雕琢，一点点剔除棱角，把它雕成一颗椭圆形的鸡蛋。通过一个半月的雕刻，鸡蛋成型了，但因为从早到晚长时间的超负荷工作，他的大拇指整整麻了一个星期。这件事也让他明白了，原来雕刻鸡蛋不是简单地把它雕成一头尖、另一头圆的形状，而是需要对事物进行观察，这打磨的是一个人的耐力和持久的观察力。至今回忆起来，他还是满脸辛酸。他说："人家都说学书法是入木三分，但我毫不夸张地告诉你做石雕也是入木三分。"2015年6月13日，他出师了，拿到了当时学徒出师的最高工资，1 小时 20 元，包吃住，成为高级学徒。出师的那一年，他的作品《觅》也拿到了中国工艺美术的最高奖——玉石雕刻"百花奖"铜奖；2017 年他的作品《茗香》，因为雕刻精美，被山东大学博物馆（国家二级博物馆）永久收藏。所以每个成品的呈现，不知包含匠人们多少的艰辛，他们用无数个白昼和黑夜，让石雕的生命在春夏秋冬中"绽放"和"延续"。

听了胡师傅的故事，我是既钦佩又感动，突然我想起他哥哥的事情来，于是问道："你哥哥是什么时候开始学石雕的？"他说："原本哥哥是回国学做厨师的，打算开个小酒店的，然后受我影响，恰巧师傅见我领悟力很强，也有意打听哥哥的意愿。"就这样哥哥比他晚 8 个月入门学习了这门手艺。他打趣地说道："没想到，亲兄弟变成了同门师兄弟，而且我扳回了一局，我是他大师兄。"对于石雕的雕刻流程和所需掌握的技巧，胡植柱铭记于心，介绍起来也如数家珍。他指着工作室里的作品说，传统石雕手法有浮雕、圆雕、镂雕、影雕等，根据石料的可塑性，雕刻的内容形式多样，题材也各有千秋。无论何种设计手法，大致需经历相石设计、打坯造型、放洞镂空、精雕细刻、选料配座、抛光上蜡等 6 道工序。相石设计就是对石料进行选定，根据石料的肌理和颜色进行构思，发挥匠人最大的想象力，这个过程需要耗费一定的时间。有了思路，就要着手对墨绘的石料进行勾勒，雕出作品的外轮廓，在此期间要运刀如笔，做到轻重缓急、深浅适中。下步开始对作品进行镂空，剔除多余石料，对景物结构进行分层，使作品清晰明朗。作品光是做到结构清晰、层次分明还不够，还需要对其细细雕琢，依照构思的内容，对细微处进行细致加工，让作品更加传神、形象，再根据作品特征配上底座。这一步完成后，还要对作品进行细细打磨、抛光，磨去刀痕，体现勾勒处的优美和韵味，而最后的上蜡是为了保证整个作品光洁明亮、晶莹剔透。

植根于传统，创新于自然，是匠人们孜孜不倦追求的目标。现如今兄弟俩在石雕领域各有所长：胡植柱擅长花鸟、走兽的创作，作品以镂空圆雕为主；胡慧溪擅长动物、山水、花鸟雕刻的创作，作品追求原石本身的美感。兄弟俩的作品线条柔顺、造型精巧、栩栩如生。他们成为温州石雕的第五代传承人，成为浙江省玉石雕刻师。胡植柱介绍："文成的石雕作品大多采用叶蜡石，叶蜡石又分青田石、昌化鸡血石和寿山石，这些是制作石雕的最好材料之一。"作为传统手工艺，温州石雕主要采用以师带徒的形式，从古至今不断传承，雕刻上极致追求原石本身的美感，赋予石头以生命和灵韵。

在文成，华侨与石雕有着千丝万缕的联系，第一个出国之人——玉壶黄河村胡国恒，就是跟随青田舅父赴欧贩卖厨房石刻工艺品谋生的，开创了文成华侨历史的新篇章。作为文成人，胡植柱觉得有责任把这门沉寂了几十年的玉壶石雕工艺唤醒。

石雕匠人以刀为笔，以石为纸，默默书写，他们也在用流年讲述着一个坚守的故事——文成石雕的前世今生！

一抔泥土塑人生：泥塑

传统佛像泥塑，指的是用黏土塑制成各种佛像的一种传统美术工艺，是中国古老的民间艺术。文成传统佛像泥塑历史悠久，与文成县域内佛教的兴盛密不可分。有寺庙的地方，就有传统佛像泥塑。走进寺庙或宗祠，你会看见庙内或祠内的佛像神态各异，有些面容威严，不怒自威；有些面容娇美，华贵不凡；有些面带笑容，静看人生百态……泥塑工艺十分精细，人物的神态表现和身上的衣褶细致逼真，这些都是民间大师用自己的智慧和双手创造的精美作品。

传统佛像泥塑在文成县域内皆有分布，其中以大峃、南田、峃口、双桂等地最为兴盛。据老一辈人回忆，文成县现存的传统佛像泥塑是从乐清传入的，距今已经有100多年的历史。

泥塑艺人赵岳森师傅，今年72岁了，从事传统佛像泥塑制作已经40年有余。赵师傅说，他从小最爱玩泥巴，总是喜欢抓一把泥，在手里捏一些小羊、小牛。长大后，他去了本县的化工厂。当时一个月的工资才 14 元,为了贴补家用,他就开始利用晚上或者周末的休息时间学刻木偶,主要是看书学,专门去图书馆买戏曲书。知道了"生旦净末丑"等角色后,自己就根据书上的图像开始刻。最初学习的时候,刻刀会伤到手,至今,赵师傅右手的食指上还留有很深的刀痕,像岁月的风刀,永远刻在了上面。由于赵师傅刻出的人物头像形象生动,口碑传开了,永嘉、泰顺一些地方的木偶戏团就会过来采买,他常常忙不过来。

　　1975—1978 年这段时间,赵岳森师傅就专门研究刻木偶,除了刻木偶,赵师傅还学做戏剧头盔,后来碰到县城小学的老师金文章。在金老师的引导下,他慢慢开始喜欢上了泥塑,没想到一做就是 43 年。

赵岳森师傅作品——文成公

赵师傅告诉我，金老师主要是口头传授，后期还要靠自己勤学苦练。

泥塑主要运用雕、塑、捏等手法，塑造好一个佛像，需要经过数次的修改、磨光、晾干等10余道工序才能完成。泥塑前，先按一定比例、尺寸、动态做一条"笼心"，即做一个木骨架（因为泥巴自己是立不住的），之后开始塑形。赵师傅泥塑材料主要是将黄泥加入麻袋筋（增加黄泥的可塑性），用脚或手揉压拌匀制成的，顺序是从下往上塑。如果人物是立着的，那么就要算好这个人物头部以下的比例，即身体要有7.5个头部长度那么长。算好比例后，开始上泥巴，泥巴要刷得光滑才行，做好身子后，再做四肢，最后做头。为什么是最后做头，赵师傅又补充道，这样利于调节身体比例，如果先把头部做好了，那么下身就无法进行机动的调节了。赵师傅告诉我，他做佛像不用自己设计稿子，而是根据佛像的图片进行制作，比如说做文成公（明朝帝师刘基）的泥塑，就要对宗谱上的人物图像进行观察：鼻子是什么样的，是鹰钩鼻、狮子鼻还是龙鼻；再比如眼睛，是丹凤眼、荔枝眼还是深窝眼；人的脸型也有八种，有国字形的、目字形的、田字形的、由字形等。这些都要观察清楚，也就是说"三庭五眼"要分好。中国古代画论中就有"三庭五眼"的说法，所谓的"三庭"是指将面部正面横向分为三等分，即从发际到眉线为一庭，从眉线到鼻底为一庭，鼻底以下为一庭。"五眼"是指将面部正面纵向分为五等分，以一个眼长为一等分，即两眼之间的距离为一个眼的距离，从外眼角垂线到外耳孔垂线之间为一个眼的距离，整个面孔正面纵向分为5个眼的距离。

赵师傅的传统佛像泥塑作品遍布文成、瑞安、青田等地，有时候全家人在一个地方一待就是大半年或者一整年。文成最典型的泥塑作品有位于西坑梧溪祠堂的富弼像、位于大峃石坟垟文成公祠的九尊佛像、位于南田三滩护国禅寺的三宝像等，人物形象生动、活灵活现、造型精美，且色彩庄重、线条流畅、层次分明，南田镇刘基庙内佛像的修复工作也是由赵师傅负责的。他本人对自己的作品要求非常高，对一件作品的创作需要反复研究，包括人物容貌的线条，衣服上的纹路，每个作品差不多需要花费一个月的时间去制作，文成大峃太公庙里的 9 尊佛像，就差不多花了大半年时间制作。赵师傅制作佛像的原料和别的师傅有些不同，就是在佛像身体粗坯完成后，保留佛像外皮5 厘米左右的厚度择日再做，因为这个 5 厘米的厚度主要材料是 90%的黄泥加 10% 的水泥，然后需在 5 个小时内把外形塑造好，否则水泥干后，佛像没有修改的余地。掺和水泥进行塑佛，这需要娴熟的技艺和合理的时间分配,然后再将作品打磨上漆或者贴金。赵师傅说，最难、花费时间最多的是细活，特别是面部表情的塑造，这需要细腻的手法去表现。

当我问及赵师傅做了多少尊佛像时，他说自己也已经记不清了，想来，没有 1000 尊，也有七八百尊了。

在双桂也有泥塑师傅。王延宽师傅自 1980 年开始学习佛像泥塑。说起与泥塑的缘分，王师傅告诉我，他家里有一个比自己大 10 岁的哥哥。王师傅 5 岁时，看到哥哥有本书叫《自然科学》，他对这本书里画的鸡呀、鸭呀特别感兴趣，于是就开始去学、去画，然后自学米塑，后来 18 岁高中毕业后跟了一位泥塑师傅，就开始学习手艺。这位师

王延宽师傅作品——五百罗汉

傅仅比自己早一年入行，所以大部分时间王师傅都是自己琢磨，加上前期有美术的基础，很快自己对佛像泥塑这门手艺就上手了，没想到一塑就42年。

泥塑前先准备材料，如黄泥、麻绳、木材、断麻、棉花、稻草、海沙、糠、麦秸、马钉等，主要工具是一种铅笔状的木棍子，也可称为"抹子"。这种工具两头各有一个铲面，且铲面光滑。

王师傅的泥塑手法与赵师傅有所不同，王师傅是从上往下塑，泥塑前先按比例，算好头的尺寸，再做身体各部分，其他各处如肩宽、手足大小长短，都是按头的比例算出来。第一步骤是在搭好的木架子上捆上麦秸和稻草以增大骨架体积，将周围缠绕上麻绳结，之后在架子上涂抹泥浆，再用烂泥和谷壳拌好的粗泥在稻草捆好的骨架上用力紧压，将粗泥固定牢；接下来等粗泥干到五六分的样子再覆盖塑泥（塑泥用泥土、棉絮、沙子混合而成），塑造出所要的佛像的躯体和衣质每个细节，佛像就初具模型了。在塑造过程中，要用一块湿布盖住尚未完工的塑像，一是为了防止塑像干裂，二是为了使隔天再做时塑像表层也是潮湿的，有利于黏接新旧接口。泥塑佛像表面处理有两种方式：一种是比较简单的处理，另一种是裱褙生漆（生漆是从一种天然的漆树上提取的，具有很好的防腐效果）。泥塑干透要等待 6—7 个月不等，干透后把表面打磨光洁，然后用白乳胶水裱上一层无缝布或绵纸使整个泥塑牢固（裱褙生漆处理是用生漆裱上一层麻布）。在裱褙的过程中必须用排笔加以压平，使表面一层更细致、平整、牢固，再

王延宽师傅作品——卧佛

涂上一层水泥漆打底（裱褙生漆处理用的是生漆），待干后进一步披土。这个过程也称为补灰(裱褙生漆处理原材料上必须用生漆和瓦灰)，此道工序要重复4—5遍直至表面工整。打底完毕，根据佛像的需要上各种颜色或者贴金，待全部颜色上好或贴好金后，再涂上一层清油，以保持色彩的鲜艳和金箔的光泽度，这样整个佛像就全部完成了。

　　王师傅足迹遍布云南的昆明、楚雄、昭通，福建南平、福鼎，江苏盐城，浙江温州、台州等地，代表作品有位于七甲寺佛殿内的如来金身、徐村清福寺清佛殿内的千手观音、双桂圆觉寺的释迦佛像、净因寺的弥陀佛和观音像、玉壶狮山天王殿佛像。王师傅有泥塑作品上千件，单单在山东章丘元音寺就塑了五百罗汉像，耗时3年多。王师傅制作的泥塑像最大的高达8米多，而最小的仅10多厘米，其造型高雅、彩绘精细、立体感强，给人十足震撼。

　　我问王师傅，你塑的佛为什么都这么逼真。他回答道，因为靠的就是虔诚，他一有空就会学习经文，静心打坐，心中有佛才能塑成一尊佛。

　　从一团泥到一尊佛，民间艺人用巧手演绎指尖上的艺术。

金鳞生辉显匠心：鱼灯和板凳龙

　　每年的太公祭和元宵节，南田都是很热闹的，镇上几乎都挤满了人，有来看仪式的，也有来看鱼灯和舞龙的。鱼灯的类型多样，有鲤鱼灯、鲫鱼灯、黄鱼灯等，颜色也非常丰富，红的、白的、黄的……相互交织。它们大都是各家各户的大人们为孩子们做的。孩子们举着鱼灯，跟随着舞龙的队伍鱼贯而行，场面很是热闹。

　　为了获得鱼灯和板凳龙制作手艺的材料，我特意等着太公祭秋季大典，并在6月的时候就提前多次打电话给刘国怀师傅，询问鱼灯和板凳龙制作的具体时间。刘师傅于1943年出生在南田，已经扎制鱼灯60多年。一踏进刘师傅家门口，就发现地上已经铺满大大小小的竹篾，此时师傅已经在忙着做鱼灯。他边扎制竹篾，边回头告诉我制作鱼灯的工序。制作前需要将竹子削成竹篾，然后根据鱼形状，扎制成鱼骨架，衔接的地方用绳子绑紧，再糊上白纸，最后根据自身的喜好，粘贴和绘制鱼灯的外形，巡行时加以支柱撑持。对于鱼灯的制作，

扎制鱼灯骨架

刘师傅从小就会，因为他的父亲和兄弟都会做，所以耳濡目染，他也就会做了。说起自己的父亲，他满脸自豪："我父亲以前是在青田县城教书的，后来留在南田小学当校长。每年 12 月，大家忙完农活就开始做鱼灯、板凳龙、布龙，村民都会自发去做，因为每年元宵节，南田都有舞龙的习俗。"

耍龙灯，亦称舞龙。龙作为祥瑞的象征，凝聚着中华民族几千年的独特文化，在百姓心中备受尊崇。在南田，龙形道具根据扎制的材料不同，可以分为板凳龙和布龙，它们都是南田一种传统的舞龙运动。刘师傅说，以前就两条龙，刘基后裔两房各做一条。板凳龙和布龙扎制由不同村庄负责：布龙扎制由位于南田街西南的新宅村负责，新宅又名"盘古"，刘基长子刘琏（洪武十年兼试监察御史，出为江西布政司右参政）后裔聚居于此；板凳龙扎制由位于南田街西的谢塘岸村负责，谢塘岸村由城底、南阳二处组成，刘基次子刘璟（洪武二十二年授阁门使，出为谷府左长使）后裔聚居于此。据《东瓯遗韵：温州市非物质文化遗产大观》里《南田元宵舞龙》篇记载：长房（刘琏后裔）出灯地点是在刘基庙，次房（刘璟后裔）在忠节公祠。次房灯队到刘基庙会合后，由长房的布龙领先，中间插入鱼灯、车灯，次房的花灯（板凳龙）随后跟进，途中经五坂坪、后垟岗、驮牌垟，至坑边垟，逢有佛殿庙宇，领头的两位牌灯须进内点灯烧香，以示告知诸神佛，名为"投殿"，然后从坑边垟转回南田中心城区。舞龙有"蛟龙出海""双龙戏珠""龙游丽水"等阵势。布龙先退到祠堂，由花龙继续舞踏，但布龙有时突然回转城区，叫作"回龙"。元宵节后的第二天，两龙先后到较富裕宅第舞龙灯，以示祝贺新年。主家备有水果等，并加奉一个红包，以谢舞龙者，叫"蛟龙拜年"。

南田境域在明清时属青田九都，相传鱼灯舞是明朝开国元勋刘基所创，在当地和青田地区一直还流传着关于鱼灯舞的故事。故事讲的是元朝末年，朝廷腐败，各地农民纷纷起义。刘基因得罪权贵被罢官回乡，赋闲在家，因一友人朱君邀请到海溪游玩，恰遇海溪举行尝新饭仪式。友人按当地的风俗请来鱼灯队伍，非常热闹。刘基一边吃着美食，一边兴致勃勃地观看当地用竹篾扎制而成的各类型鱼灯，有瓯江鲢鱼、鲫鱼、田鱼、塘鱼、石斑鱼、青龙鱼、虾、河蟹、河豚等，各种鱼灯在音乐和锣鼓声中挥步起舞。对鱼灯舞的优美舞姿，刘伯温看后赞叹不已。与朱君交流后，根据鱼类的特点将《孙子兵法》中的"一字长蛇""二龙出水""三才（天地人）和谐""四门斗府""五虎抓羊""六子连芳""七星斩将""八门金锁""九曜星官""十面埋伏"等阵法掺和其中。经刘伯温指点改进后的鱼灯舞，队形变换快捷，配上锣鼓，舞起来宏伟壮观。海溪鱼灯给刘伯温带来了启发，为配合义军反元，他在家乡暗中召集义兵借舞鱼灯为名习武操练兵阵，为朱元璋反元培养了一支"铁军"。后来这支义兵队伍跟随刘基辅助朱元璋推翻元朝统治立下大功。这个故事被记载在《刘伯温传说》里。关于鱼灯舞还有一说法，据文成县《文史资料汇编》记载，元朝末期刘基为了防备方国珍勾结南田附近的"山贼"侵犯南田，暗中招募义兵训练，但又怕背上造反的罪名，不敢公开军训，故以舞鱼灯的形式，将军事上的阵法融入鱼灯舞中进行布阵练兵操习。朱元璋统一中国后，明洪武二十三年（1390）刘薦（士端）整理和发展其祖的鱼灯舞，并在单一的鱼灯舞基础上逐步发展成由鱼灯、龙灯、车灯组成的灯会，南田的灯会习俗便延续至今。

据刘国怀老艺人回忆，自己小时候就看见大人们扎制板凳龙和布龙了，20多岁开始，自己就和村里人一起扎制板凳龙。扎制板凳龙需要准备木板、木棍、篾片、彩纸、糨糊和颜料等。从构造上看，板凳龙分为龙首、龙身和龙尾：龙头、龙尾根据龙的形象由竹篾扎制而成，外表再糊上彩纸，龙身由一条条木板串联而成，每条木板长约1.5米，宽25厘米。每节木板上均要扎制花盆，分别配上山茶花、牡丹花、荷花、菊花等四季八节的花朵，所以板凳龙又名花龙。木板两端有一圆孔，

布龙

在木板之间将木棍插到圆孔中连接，木棍可以供背龙人控手。龙的长度以每年的月份计算，平年 12 节，闰年 13 节。舞龙的时候，和着锣鼓的节拍，由龙珠在前引导，龙头紧跟，做出采珠的姿势，各节龙身跟着龙头摆动，一会儿盘成一团，一会儿腾空而起，节节相随，时起时落。背牌灯人员必须是家中父母双全的。在以前，会在各节龙身上的花盆内点上蜡烛，形成一条会舞动翻滚的长灯。舞龙队伍行进中可以摆出"盘龙""双龙戏珠"等阵势，场面很是壮观。

布龙的制作与板凳龙有所不同，龙身由木质材料制成一节节圆筒

板凳龙（又名花龙）

骨架，再由红色布料做龙面，形体庞大，色彩非常鲜艳，龙的长度也是按照每年月份计算。

南田制作花灯历史悠久，旧时就有"闹元宵节"的习俗，据《南田山志》载："上元前后数日，各族祠堂之丁蕃产丰者，悬灯演傀儡戏，谓之'闹灯'。富（浯溪村）、刘（南田乡）、徐（张坳村）、叶（西里）诸族于元宵前，制人物花鸟形象之灯及滚龙斗狮。各戏至元宵集于宗祠，出游村里，遍诣各祠堂社庙，炮声竞赛，隆隆不绝。观者杂沓至夜半止，终年此夕为最热闹。"

　　刘国怀师傅还有一手艺是制作车灯，车灯的主要特色是动静结合，造型较大，车载巡行。扎制在车灯上的人物、动物等在车轮的带动下做出各种动作，有"狮子捧球""麒麟送子""三打白骨精""武松打虎""刘海戏金蟾"等多种样式。制作车灯的手艺也是从他自己父亲那学的。整个舞龙队伍表演是否生动，全靠龙珠引导，父亲制作的龙珠是点睛之笔，龙珠可以通过内部机关拨动，上下滚动。想起父亲，刘师傅叹了一口气，可以看出父亲对他影响之深，他对父亲的思念是非常深切的。

　　至今，刘师傅的老宅中还保留着一辆残损的车灯，随着时间的推移，"狮子捧球"也已破损不堪。车灯似乎慢慢退出了人们的视线。旧时，那车灯、花灯、鱼灯一起"出场"闹元宵的画面永远留在了南田老艺人的心里。

以糖为墨：糖画

对于"60后""70后""80后"而言，糖画是儿时抹不去的记忆，其味道是带着诱惑性和神秘性的。旋转的木架子上插着龙、凤、猴、鹿、牛、螃蟹、金鱼、兔子等各种花样的糖画，它们栩栩如生，晶莹剔透，令人垂涎欲滴，但你不知道自己会吃上哪一个，因为这一切需要通过转动糖画艺人在桌上摆放的转盘决定。

转盘上同样绘着花鸟虫鱼各种图案，转盘中间会有一个指针。记忆中，转动指针时，心里是异常紧张的，口里有时候还会情不自禁地喊着"龙龙龙"或者"马马马"，仿佛这一喊，会让指针产生魔力，跟着自己心愿转动一样。糖画艺人会根据箭头停留的地方，从糖画架子上给你取下相应的糖画作品或者在一块四四方方的大理石上用糖画出相应的图案，所以人们又称糖画为"转糖人"。这种转糖的形式历史悠久，在南宋曾三异的《因话录》中就有记载："都下卖饧者，作一圆盘，可三尺许，其上画禽鱼器物之状数百枚，长不过半寸，阔如小指，

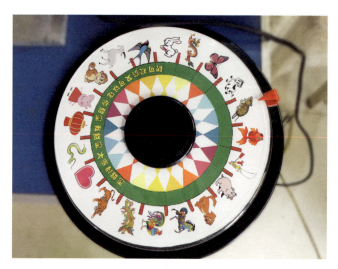

糖画转盘

甚小者只如两豆许。"这里说的"饧"就是指麦芽。如果得到的是自己喜欢的糖画，激动之时忍不住一阵手舞足蹈，也引来围观小伙伴们的一阵惊羡，于是一路拿着糖画，边看边玩边舔。要是口袋里没钱的话，就只能干看着艺人做糖画，其实口中不知吞咽了多少唾沫，好像光看，也可以解馋一样。这是糖画的魔力，也是童年的味道。

糖画，就是以糖为原料进行创作的传统民间手艺，它亦糖亦画，可观可食。其起源于明代，在宫廷里被当作祭品。最初的时候，糖画艺人挑着糖担游走于街头巷陌。糖画以勺为笔，以糖稀为墨，在大理石或者铝板上任意挥洒，做出来的成品好看又好玩，深受孩童们的追捧。文成县非物质文化遗产糖画传承人蒋学欣师傅，今年60多岁，

绘制糖画

他从 25 岁开始绘制糖画。从部队服役结束后，蒋学欣刚满 21 岁，他只能跟随亲友到福建闯荡，一段时间，他依靠砍毛竹、砍树为生。一日，他走在街头，看到前方挤满人群，上前一看，原来是有人用糖在一块大理石上画画，顿时就被吸引了。正巧，这时候在忙着绘制糖画的师傅不经意抬头，喜出望外地喊了一声："副班长！"蒋学欣仔细一瞅，原来眼前的糖画师就是自己同一个连的战友。看了半晌，他对这个战友的糖画手艺来了兴趣，于是提出跟对方学习几日。"师傅领进门，修行在个人"，战友给蒋学欣讲解了要领之后，蒋学欣就自己买起绘制糖画的工具：一勺一锅一炉一铲，一包糖，一块大理石，一个转盘。

刚开始画时，他从基本功开始练，也会找热闹的集市、学校去摆摊，由于画得慢，加上作品不像，总是被摆在附近摊位的同行取笑。印象最为深刻的是有一个同行干脆把摊位摆在他边上，一时间，蒋学欣摊位"门庭冷落"。可他不气馁，干脆就放下手中的活儿，站在这位师傅边上看——"求取真经"。这之后，看到附近有师傅在绘制糖画时，他就收拾摊位，不干活，专门站在糖画师身后学习。看多了，练多了，2 年之后，他的技艺突飞猛进，可以在 10 秒内完成猴子、马、螃蟹等简易的糖画图案，龙、凤等复杂一点的糖画作品也只需要 30 秒完成。

绘制糖画需要经过熬糖、化糖、构思、作画 4 个步骤。熬糖前，先调配好白砂糖和麦芽糖的比例，一般是 4∶1，即 4 斤白砂糖配 1 斤麦芽糖。掺入麦芽糖可以让糖画的味道更加甘甜，5 斤糖需要加入 1 斤水，然后倒入锅中熬煮，熬糖的目的是把糖液摊成糖饼，以便在糖画绘制中使用。待颜色变黄，将糖液倒在铝板上，凝固后，将糖片逐个密封在袋子里，这样处理后的糖片在常温下可保存半月有余。摆摊时，糖画师只需带上这些糖块，用时将其放在炉上的锅里，用温火熔化即可。熔化糖块这一过程叫化糖。化糖前，需要在铝板上涂抹上一层食用油，以防粘板。待糖块变成糖稀后，就可以着手绘制。绘制需要构思，糖画跟绘画不一样，糖画是用糖来画的，凉了之后非常容易凝固，所以糖画师傅动作要快。糖画相当于写连笔画，每笔之间不能间断，这就需要糖画师熟练掌握所绘画作品的笔顺，才能让糖画作品快速呈现。作画时，师傅需要做到集中精力，胸有成竹，一气呵成。

糖画作品

手中勺内的糖丝会随着师傅右手的移动不停挥洒，除了比较复杂的图案，一般一勺糖的分量恰好够完成一幅作品。作品成型后，最后用自己制作的小铲子的尾部给小动物点睛，再将竹签按压在糖画上。由于糖汁容易冷却，刀片起糖时间要快，不然糖会变脆，就容易折断。龙和凤的图案需要三勺糖的分量才能完成。缕缕糖丝在手艺人手中仿佛有了生命，花鸟虫鱼、飞禽走兽瞬时就在眼前，整个过程非常流畅，仿佛在看画家画一幅中国的水墨画。看着糖画艺人作画，真是一件令人赏心悦目的事情。

相传，明朝军师刘伯温还是糖画的祖师。为躲避生性多疑的朱元璋，刘伯温在接到马娘娘送来的红枣和蜜桃后，便领会她的暗示，于

糖画作品——龙

是请示朱元璋自愿前往山西二龙山一带监工竖立龙碑，破除风水，以保大明万年江山。在刘伯温前往山西地界时，朱元璋又派了太监监视他。为了躲避太监的耳目，在龙碑竖立成功后，刘伯温借用庆功宴机会，扮成道人模样逃离太监的监视。在路上，偶遇一姓张的先生，这位老先生是特意过来救刘伯温的，于是将手中的肩挑糖担送给了他，让他顺利通过了关卡。从此以后，刘伯温隐姓埋名，天天挑着糖担换破烂，闲着没事做，就动脑筋把糖捏成小人儿呀、鸡呀、狗呀什么的，哄小孩儿玩，而且捏什么像什么，样样活灵活现。小孩子见了觉得蛮稀罕，就整天围着刘伯温转。挑换糖担的同行见刘伯温会捏糖人儿，生意好，就来拜他为师，跟他学手艺。刘伯温也乐于将手艺传给大家，之后他收了很多徒弟，挑糖人也就把刘伯温当作他们这个行业的祖师爷了。这个故事在《刘伯温传说》中也有记载。原来糖画的起源还有这么一段渊源，仿佛给它披上了一层神秘的外衣，真是令人惊叹。

蒋师傅边做糖画边说道，在20世纪八九十年代，一个糖画可以卖到2毛或者5毛，有时候在景区或者游乐场地带可以卖到一元一个。记忆中，让他欣喜的是，在泰顺待了3个月，他每天可以卖300多个糖画，每天可以存100元，辛勤的付出总算有了回报。蒋师傅回忆，因为糖画，他也收获了一份爱情，结识了现在的妻子。这之后，他依靠糖画扛起了家庭重担。由于糖画可以玩，又可以吃，糖画深受大家喜欢。蒋师傅说，以前最忙的时候，一天要绘制1000多个糖画，需要两个人帮忙，妻子帮忙包装，另外一个人帮忙收钱、找钱，根本没时间吃饭。

现在为了紧跟时代步伐，蒋师傅会试着加入现代元素，绘制小猪佩奇等卡通角色吸引过往的客人。有时候一些小朋友没钱买，但又看着糖画"馋着"不走，他就会赠送给孩子吃。在温州一带，要是哪家办婚宴，也会叫上糖画师在婚礼现场摆上糖画摊子，烘托气氛。今天，蒋师傅就收到了新人的订单，这次和往常不一样，他本人可以不用去婚礼现场，但需要做上1000个不同式样的糖画作品送到现场去。为了增加喜庆的感觉，他特意绘制了一个大大的"喜"字，还用糖稀写字，表达自己对新人的祝福。

如今，时而看着驻足在糖画摊子前的孩子们，四五十岁的大人们也会停下脚步不忍离去，在那里，他们仿佛看见了自己童年的影子。

人生如戏：踏戏

　　说起戏，不知为何，耳边就会回荡起那一首优美的旋律："你穿上凤冠霞衣，我将眉目掩去，大红的幔布扯开了一出折子戏，你演的不是自己，我却投入情绪，弦索胡琴不能免俗的是死别生离，折子戏不过是全剧的几分之一，通常不会上演开始和结局……"《霸王别姬》里程蝶衣那凄楚的形象就会出现在眼前，无论是戏内还是戏外，他都在唱着一出"不会上演开始和结局"的折子戏，"把最璀璨的部分留在别人生命里"。清代著名戏曲理论家李渔曾说："传奇不比文章，文章做与读书人看，故不怪其深；戏文做与读书人与不读书人同看，又与不读书之妇人小儿同看，故贵浅不贵深。"戏之所以能引起共鸣，不单在于演员的角色融入，也在于戏文接近百姓生活，让人能看懂、听懂。

　　谈到"戏"，文成有一句方言叫"踏戏"，意思就是请一个戏剧师傅带一个戏班，拉出去唱戏。据文成京瓯剧团的团长吴荣光师傅回忆，"踏戏"要做的第一个事情，是由一个戏剧领域有经验的师傅到

潘帆瓯剧照

舞台表演

村子里去挑选具有唱戏天分的"苗子"。在 20 世纪七八十年代，女性
的择业路径较窄，一些家境贫寒的孩子，不得不留于家中帮忙放牛放
羊，而一些 15 岁左右的女孩为了改善生活或者是因自身兴趣的使然，
很乐意跟着戏班师傅学唱戏。每个刚入团的演员都是从跑龙套开始，
经过一年半载的"冬练三九，夏练三伏"，孩子们之间的差距会拉大，
一些肯吃苦且胆子大的孩子很快就成了戏班里的角儿。

　　组一个团，演员加上乐队起码要三四十人，其中演员就要 20 多人，
有演花旦的、小旦的、老旦的、小生的、大花脸的等。吴师傅的京瓯
剧团人才济济，京剧、越剧、瓯剧样样都会。唱戏是一个辛苦活，一
年 365 天除了 6、7 月因天气热的原因休息外，其他时间都要到各地

唱戏。唱戏的时间也有规定，分两种：一种是"日子戏"，比如菩萨生日、菩萨开光、宗族圆谱等特别日子里唱的戏；另一种叫"唱平戏"，就是在平常时间唱的戏。一天里，具体唱戏时间一般排在下午和晚上，12 点 30 分左右到下午 4 点，晚上是 6 点左右到 9 点。

在这个行业里，人们把木偶戏称作"小戏"，真人演的戏称作"大戏"。各地的风俗习惯不同，约戏的时间也不同。在文成，人们喜欢唱"年头戏"，就是过年的时候，村民们通过集资的形式请戏班子过来唱戏，以祈求村子平安、人人生活美满；在平阳，人们喜欢唱"还冬戏"，就是冬至期间，村子里请唱戏人过来唱"还愿戏"，也叫"年尾戏"。在以前，要是哪家新人结婚，也会请戏班子过来唱戏，图个热闹。

吴师傅介绍，在文成，民营剧团最初出现在双汇溪一带，到今天已经有 20 多个。文成京瓯剧团出演比较多的地方是温州的市区、瑞安、平阳、龙港、苍南等地。吴团长告诉我，在他们剧团，极有特色的是《贤良福》《鸳鸯带》两本瓯剧，这是大团圆的两部戏，因为好看，加上符合人们对美好生活的期许，已经成为当下村民们必点的"热播剧"。两部戏演的是古人的戏，可看的是人生。人性的善与恶，都在戏里被演绎得淋漓尽致。

人生如戏，戏如人生，戏里和戏外，有些人喜欢看戏，有些人喜欢演戏。潘帆，1994 年出生的女孩，对她而言，选择唱戏靠的就是一股"痴"劲。原本学前教育专业毕业的她，可以有一份稳定的工作，但因她的"痴迷"，她在家人极力反对的情况下，硬是选择了唱戏这个行业。潘帆说，当时家人反对也是有理由的，因为别人唱戏靠的是少年功夫，而自己是半路出家，就要付出比别人更多的努力。小时候她就看着妈妈在民营剧团唱瓯剧，这个因纯粹喜欢而生成的"种子"，早就潜移默化地埋进了她的骨子里。她20岁毅然离开幼儿教师行业开始学习瓯剧。最让她感到庆幸的是，她发现文成当地政府非常重视戏剧文化发展，会定期组织人员到温州瓯剧团学习，这也让她得到了第26届中国戏剧梅花奖获得者——方汝将老师的耐心指导。

由于喜欢，加上一股子不服输的拼劲，很快，潘帆成为团里的角儿。潘帆回忆，唱戏真的很辛苦，演员到一个地方演出，大部分都是寄宿在庙里。表演的头天夜里她就要着手搭蚊帐、铺床、烧水，一忙可能就到凌晨3点，然后又要早早地起来化妆，有时候一天戏唱下来，连卸妆的力气都没有，一趴下就睡沉了。一路上虽然有很多艰辛，但对潘帆而言这一切却是心甘情愿的。

潘帆最喜欢的是瓯剧，瓯剧对她而言就是一种乡音，一种情怀。温州瓯剧，原名"温州乱弹"，形成于明末清初，多声腔剧种，以演唱乱弹腔为主，兼唱高腔、昆腔、徽调（皮簧）、滩簧、时调5种声腔唱调。1959年，以温州古称"东瓯（王国）"，又有瓯江流贯全境，改称瓯剧，并以其为剧种名行于世。

潘帆告诉我，她最喜欢的是《荷花悲》，这也是她自己写的戏文。讲述的是古时候，一名叫荷花的女孩，虽然脸上长有胎记影响了相貌，但心地非常善良，后喜欢上当地一才子，不顾对方家境贫寒，与其结缘，得知丈夫要上京赶考，将身上仅存的5两银子给了他。可丈夫高

文成京瓯剧团舞台表演

中之后便入赘了相府。得知情况的婆婆怕荷花伤心，将此事隐瞒了下来。在婆婆生病期间，荷花都给予其无微不至的照料。婆婆喜欢吃鲤鱼，荷花就不顾冬日严寒，卧冰求鲤。不久后，婆婆病逝，因家中无钱雇人安葬婆婆，她就用双手刨土，安葬婆婆。之后，荷花便带着出生不久的女儿上京寻找丈夫。相府千金得知此事，就亲手夺过荷花手中的孩子，将其活活摔死。一怒之下，荷花用簪子扎死了千金。丈夫闻知，非常震怒，剁掉了荷花的双手，逼其跳江。死之前，荷花在阎王殿前鸣冤，悲痛之下，跳江自尽。后荷花的冤案得到平反，负心之人受到了应有的惩罚。

潘帆的《荷花悲》深深地触动了我，人心的善良与丑恶形成了强大反差，在丈夫另娶他人的情况下，善良的荷花正在卧病求鲤，打算煮鲤鱼汤给生病的婆婆滋补身子。"大雪飘，心悲惨，孤独无望。珠泪下，脚踏冰，寒风刺骨。为婆母，一所愿，不惧严寒。躺冰面，心祈祷，唯我所愿。求苍天，现奇意，鲤鱼来上。昨夜里，梦见了我夫高中，奴家我，戴凤冠，红衣来穿。"这唱词听起来是多么心酸。原来有些有开始和结局的本戏也是那般沉重。

望着戏台，耳畔又传来那一首动情的歌："你脱下凤冠霞衣，我将油彩擦去，大红的幔布闭上了这出折子戏……"是的，人生如戏，"踏戏"的人不知不觉从少年走至了中年、暮年，回眸处，一些人已将人生的戏写进了历史的戏文里，一些人将戏文里的戏真实地演绎在了人世间！

一曲高调唱尽曾经繁华：花鼓戏

厅堂上，看对联，

壁上挂起好对联，

对联里面七个家，

个个写起中状元，

厅堂上，看乌鸦，

乌鸦赶出千里外，

喜鹊临门保太平，

凶星赶出千里外，

吉星移来保太平……

花鼓戏《保太平》粗犷、活泼的调子回荡在季正新老艺人所处的乡村上空。季师傅的家住在都铺村，都铺村地处偏僻，从文成县城驱车沿着山路行驶，差不多要一个多小时才能到达。明嘉靖四十三年（1564）叶氏在此创业，因田地分散，搭了许多田头铺，俗称多铺，移用作村名，改成都铺。此地山清水秀，紧邻景宁。花鼓戏曾是都铺村喜闻乐见的民间表演形式，源于景宁，具体是什么时间传入的，老人也说不上了，只知道自己父亲也曾是花鼓戏表演队的一员。如果按照父亲那一辈算起的话，也至少有百余年的历史了。

花鼓戏

　　如今已当上曾祖父的 78 岁的季师傅依旧眷恋着花鼓戏，"一买鸳
鸯线，二买皱纱巾，擦擦嘴唇红，四买丝鞋面，五买五色线，六买香
粉袋，七买七罗群……"，老人所唱《买丝线》轻快的调子、生动的
语言在我耳旁响起，往日的热闹场面仿佛就在眼前。老艺人告诉我，
他 17 岁开始就跟随村里 60 多岁的林春芬老人学唱花鼓戏了，因为喜
欢，学了 2 个月，就能演会唱了。一个花鼓戏团，加上乐队的话，差
不多由 10 来个人组成。每年正月的时候，花鼓戏剧班就会出去挨个
村表演，表演的活由一个叫"戏鼓"的人去招揽，相当于我们现在接
活干的业务员。如果花鼓剧班今日里来到这个村庄表演了，戏班领头

就会敲着锣、打着鼓给村民送红帖，帖上写着剧团的名字，意思是花鼓戏表演要开始了，大家快来看。

花鼓戏的表演地点大多是在村里的戏台或农户家的厅堂。正式表演前，演员们要穿着戏服表演"串灯"，8字形和剪刀形相互变替着，表演持续20多分钟。坐在茶桌对面的60多岁老人李辉常师傅深有感触地说："串灯表演非常辛苦，很耗体力。表演的时候，演员们步伐要跟着乐鼓节拍，不但要走得快，还要走得准，不然走错了，大家就会撞在一起。"说起曾经的热闹，李老师又滔滔不绝起来，"以前，我什么戏都演过，生、旦、净、丑都演过，以前都是清一色的男子演的，所以花旦也是男人演。"

由于曲调活泼流畅，剧情通俗易懂，花鼓戏深受都铺村至景宁一带的群众喜欢，一天表演下来要走10多家农户，每一场表演所需的时间差不多1个小时，常常是晚上6点开始演，一直忙到深夜，有时候唱到天亮。群众最喜欢的是《报花》《报喜》《买丝线》《怀胎调》《云头送子》《郭子仪拜寿》等30多个剧目。季师傅告诉我，原本这些剧目都是有谱子的，后来没演出了，也就失传了。这让我感觉惋惜，曾经盛行一时的花鼓戏也淹没在了岁月的尘埃中。老师傅说，《云头送子》《郭子仪拜寿》是点得最多的，怀孕的妇女和做寿的老人很喜欢，因为喜欢，收到的红包也就多。红包多少，基本是看主家的意思，花鼓戏剧团从不讨价还价。基本一场戏下来是5—6元，村里请唱的话，红包就更大了。

花鼓戏具有人员少、便于流动的独特优势，基本有七八个人，前台后台就都具备了，而且生旦丑俱全。他们每到一个村庄，便可挨家挨户演出。而且每到一个村，村里都会主动安排吃饭和住宿。戏班里还要有一个会写对联的，如果村里哪家办喜事，或给 70、80、90 岁老人祝寿，就要送上一副对联，主人也会再送上一个红包。

花鼓戏的发展高峰在 20 世纪 80 年代。当时，改革开放的春风吹醒了祖国大地，人民生活水平普遍得到了提高，人们对文化娱乐的需求也愈来愈强，便于流动的花鼓戏正好迎合了当时的形势。每年正月初二或初三，戏班就整装出发，在文成、景宁交界逐村演出，附近的都铺村、绿桶村、山前、竹山、李山头等 10 来个村庄都留有季师

林东莲花鼓戏照

傅戏班的足迹。直到农历二月大家才回家，1 个多月累计下来，一个人可以挣得 1000—2000 元的收入，这在那时候是个大数目。

花鼓戏经典剧目《郭子仪拜寿》讲的是盛唐大将军郭子仪，他的第六个儿子郭暧娶了升平公主为妻。郭子仪生日那天，升平公主说她身体不适没有去为郭子仪祝寿，郭暧大发脾气。升平感到自己受了委屈就跑进宫向皇帝代宗诉苦。郭子仪听说郭暧的做法后，也抓着儿子到宫里去请罪。代宗信任郭子仪，不仅没有计较郭暧所说的话，还升了他的官职，最终郭暧夫妇重

归于好，共同去郭府为父亲郭子仪祝寿，郭府又迎来了欢腾热闹的场面。《云头送子》讲的是王母娘娘将美丽的七仙女与董永分开后，七仙女在天上产下孩子。就在董永考中状元骑马游街之时，七仙女抱着孩子站在云头，将孩子送给了董永的故事。说起这个故事，老人家又哼唱起了花鼓调："四海名扬，一条丝线放海中，来钓鲇鱼先钓龙，荣华富贵天排定，牛头中魁名，薛光、董永奉圣旨，游旨七日唱……"悠长的花鼓调，唱出曾经的繁华，也唱出几多无奈。

萦绕了上百年的婉转动听的唱腔渐渐没了声音，不久后，季师傅他们转行做起了木偶戏。现在随着手机等电子产品的出现，花鼓戏已风光不再，逐渐淡出了人们的视野。季师傅说，已经二三十年没看过花鼓戏表演了。

行将消失的

老行当

纵横经纬间 · 篾匠

千磨万击 · 制番薯刨

铁炉红一红 · 打铁匠

摆渡人生 · 撑船人

浴火出白银 · 打银匠

顶上功夫 · 乡村理发匠

「弹」奏人生 · 弹棉花

千锤万凿出深山 · 打石做坎

把锤敲出一片锡 · 打锡壶

一梭一穿温暖过往 · 织带

榫卯之间见真功 · 传统古民居营造技艺

纵横经纬间：篾匠

　　峃口镇渡渎村位于飞云江中游西岸，这个村原名塗渎，是一个四面环山的狭小谷地，形似一艘停在岸边的大船。这里人多地少，村民吃苦耐劳，手艺种类繁多，有木工、弹棉花、打铁、做沙发、做席梦思等行业，其中篾匠最多。现如今，村民大多外出务工，只剩下郑明陆师傅还干着做蔑的活儿。

　　郑师傅是村里最好的竹篾工艺制作能手，他出生于 20 世纪 50 年代，现头发花白，晒黑的面部上都是岁月的刻痕。初次到他家，就看到院子里零星地摆着几根刚从山中砍来的竹子，凳子上放着几把样式不一的篾刀和刮刀。72 岁的他干起活来依然利索，说起话来也中气十足。吃完午饭的郑师傅立马就开始干活了。他先将竹子一头支撑在板凳上，拿起锯子就对着竹根节一头开始锯，接着右手持着篾刀，左手握着竹子开始去节疤。随着双手的往后移动，每节凸出的竹疤就被轻轻转平了，动作迅速、轻快。郑师傅在干活当儿，也和我讲着他过往的故事。

　　郑师傅 11 岁时，他母亲因为肺炎就早早地离开了他们。谈起母亲，郑师傅声音有些哽咽，只记得因为母亲连续高烧，父亲和邻居就用担架抬着她，翻山越岭去县城看病。那时候卫生院医疗技术有限，住院治疗了好几天的母亲也不见好转，回来后又连续发着高烧，又在其娘家被照料一些时间，从娘家被接回家后，陪伴孩子一段时日就走了。郑师傅依稀记得母亲临终前的话语："我才 30 多岁，孩子都没养大，儿子呀，你要替我照顾好你妹妹和爸爸。"失去母亲的那一天，11 岁的郑明陆瞬间长大了，帮着父亲在生产队干活。那时候是大集体年代，

撕竹篾

人们都要参加生产队的劳动，干农活可以挣工分。后来他想着学一门技艺帮家人减轻生活负担，于是 14 岁时，他就跟随长自己 14 岁的表哥到福建做篾。

据他回忆，做学徒的日子非常辛苦，每天早上 4 点开始干活，有时候要干到深夜，每人每天都有固定的活，反正篾匠到主人家一天的工钱是 8 毛，早做完，就可以到下家干活。让他印象最深的是，表哥让他帮福建当地一个主家修小孩子睡的竹篾摇篮，那时，他才做学徒半年，独自一人接这样的任务，真是有点措手不及。学了 8 年做篾手艺的三表哥见他遇到了难题，就主动过来帮忙，可是折腾了半天也没把摇篮修好，三表哥干脆就丢下活走人了。表哥走后，他并没有放弃，而是继续钻研，直至夜里 12 点才将摇篮用竹篾补好。经过这一件事，他知道自己需要找一位更好的老师去学习技艺。16 岁时，经姨夫介绍，他拜珊溪的一位黄师傅学习手艺。在他的印象中，师傅是一个好人，除了对他无微不至地照顾，还毫无保留地传授了手艺，而让他印象最深的是师傅曾说过的一句话。一日，黄师傅问他："你干吗走路这么着急，像是赶集一样。"他回答道："因为表哥说，干活的徒弟就要积极点，要冲在前面，走路慢腾腾的，主家就会不喜欢。"黄师傅听了，笑着说："做篾生意不是靠徒弟的，是靠师傅的，师傅都解决不了，徒弟怎么可能办好，做徒弟的主要精力要花在学习手艺上。"这句话点醒了郑明陆，让他茅塞顿开，之后的几年，他开始钻研技艺，20 岁后，他就能自立门户，自己开始带徒弟了。

说着自己的竹编人生，郑师傅是满脸的自豪，手中的活儿也没落下。这时，他正熟练地拿着刀头对准竹子一头的正中心部位勾开裂缝，随着"哗啦啦"的声音，篾刀瞬间下拉，竹子被分成了两半。放好一半，郑师傅将剩余的一半竹子以相同的方式，对准竹心位置再次对半分，直至分成需要的根数。郑师傅一边左手向上送篾条，右手握刀向下劈竹篾，一边对我说："一根篾条去除竹黄，至少可以将竹青一层层地分成八层，可是这样的竹丝太薄，做出的竹制品很容易坏，最好是三层竹青，当然也有两层的，根据制作的篾制品需要去分层。"分层的时候，郑师傅是手口并用，左手捏竹篾，牙齿咬住第一层竹青向上拉，下面那一层竹青就用右手向下拉。之后，将分好的竹丝过一遍剑门，保证宽度大小一致。在他熟练的刀工下，竹子被削得细如发丝。看着郑师傅的流利操作，瞬间令人肃然起敬。

20 世纪 70 年代，竹制用品非常受欢迎。为了不和当地的几个文成籍师傅因为抢生意闹意见，当时 20 多岁的郑师傅就独自一人带着徒弟去了福建泉州。因为技艺好，加上浙江篾匠师傅在福建名气大，所以郑师傅在这一带非常受欢迎，常年在不同的主家做竹篾用品。20岁时，经家乡当地人介绍，他和村里一姑娘结了婚，之后又生了几个孩子。说到这的时候，我也望着旁边正在扎扫帚的阿姨打趣地说道："阿姨很是贤惠啊。"坐在一旁的阿姨就笑开了："我那时既要照顾孩子，又要照顾他父亲，还要养猪。"郑师傅也认可道："我老婆子的确很好，我一年才回来一次，她是真不容易。"师傅说，因为做篾效率高，技艺好，他拿到了当地的最高工资——每天 2 元钱，也就那 20 多年，有了不少积蓄。

竹编

　　2000 年以后，竹篾制品受到了塑料、不锈钢等制品的冲击，做篾生意也大不如前。为了维持生计，他回到文成后，就学做沙发工艺，这期间十几年没再做篾，后来孩子们都大了，有了各自的家庭和事业，他又重拾老手艺，开始做起了餐桌盖、大提篮、小酒壶、开水瓶、小蒸笼等竹制工艺品。为了将工艺品做到精致，他经常会去东阳，和那里的师傅交流，取长补短，不断学习，提升自己的技艺。

　　说到这，郑师傅领着我去了村委会的一个竹编展览室，里面摆着很多他做好的竹制品，有编着"茶"字的茶盘托，有编着"传承""艺术""中国梦"字样的两层大提盒，有编着精致花纹的婚庆大提篮……

远看就像被书写在竹篾上的文字，工艺精致，让人赞叹不已，很难想象这是手编的竹制用品。

对于制作大提篮，郑师傅有自己的经验。他指着提篮的中段纹路说，在编织大提篮时，最好在中间做一层竹制粗架子，然后在这个架子的外围编织花纹，被挑压的篾叫"经"，编织的篾为"纬"，"经"稀，"纬"就细。对于眼前的这个两层大提篮，郑师傅还是不满意，他觉得"经"太密了，"纬"看上去就特别粗，而且结点也没处理好。在我看来已经是很完美的作品，郑师傅却谦虚地指出了自己的问题所在。郑师傅又指了指提篮的竹箍处："你看，别人结点处用胶水，但我用的是竹钉。"如果不细看，我还真看不见细如针尖的竹钉。郑师傅告诉我，不用竹钉的话，竹篾制品就很容易散架。

郑师傅还向我介绍了做篾的完整工序。先到竹林里砍竹子，3—5年的竹子不老也不嫩，是最好的，而竹料又是下半年的最好，因为上半年雨水多，竹子里面的水分多且含有糖分，导致竹子特别容易被虫蛀。砍好竹子后，根据需要用锯子锯成段，比如做箩筐，那就要锯成两段，做篾席的话就不用，只要用篾刀将竹黄和竹青劈开就好，做篾用的是竹青，所以竹黄之类都拿来烧火。一根竹片可以撕成好几层篾，撕好竹篾后，接着再用一种叫"剑门"的工具，这个工具是由两片铁片组成的，用时将两片铁片呈八字形插立在凳角头，铁片的内侧十分锋利，但铁片的间距可以根据所需竹篾的粗细进行调节。经过"剑门"锋刃的削减后，每一条竹篾才会粗细一致。然后放在镐刀上磨，镐刀是一种刀锋朝上的工具，固定在凳子上，使用的时候需要用厚皮带之类的物件压在竹篾上方，竹篾的下方就贴着镐刀锋利的刀口，经过前后拉动，削出来的竹篾就会变得比原先更加光滑。这之后，郑师傅会把竹篾放在大锅里用柏树叶煮上 1 个小时，然后拿着水桶到稻田里提一桶稀泥。对于竹篾的染色，郑师傅有自己的"秘诀"，竹篾一定要用田里泥巴涂抹均匀了，浸泡一夜之后，第二天要立马捞出来，清洗干净，这样做出来的篾制品使用寿命会很长。一些师傅直接把竹篾埋到稻田里，埋了两三天，埋太久了，做出的篾制品就很容易腐烂。竹篾经清洗、晾干后就可以编织了。

制作时也是根据物件的形状进行有规律的编织，先是将一条条篾片交叉摆开，一头用脚踩着固定住，然后手口并用，起落穿插。编的过程中根据需要加篾条，有时一根，有时二根，有时三根，也就是按

竹编婚庆大提篮

条数打格子，有一条打一个格子，有两条打一个格子，也有三条打一个格子，类似于我们打辫子一样。打好之后，裁去周围多余的竹篾，再用竹鞭或者铁箍子锁口，一个物件也就完成了。

做篾是很累的一件活，长时间的弯腰低头，会使做篾人的脖子和后背变形。常年做篾的人，手难免被划伤，有时一不小心就会被篾条划到手，所以做篾人的手特别粗糙。

塑料制品不兴盛的时候，以前农户家中的篾席、畚箕、高脚箩、菜篮、杨梅篮、饭篮、米筛、糠筛、蒸笼、笊篱、竹床等日常生活里用到的物品，都是雇篾匠做的。遗憾的是这些手艺都停留在老一辈人身上，年轻人大都不愿意学了，他们觉得做篾又苦又累，且挣不了多少钱。为了维持生计，现在郑师傅每日骑着电瓶车来往县城和岀口，这几个月他主要是在县城工地上打一些散工。师傅说，现在大家都习惯用塑料品了，哪里还会用竹篾制品，所以村里原有的匠人也渐渐改行了，种起了杨梅和蜜柚，只有空闲的时候才用竹篾打打物件。由此，让人不得不担心，古老的手艺正面临着失传的危险。

千磨万击：制番薯铇

　　早上，约了同学的车去了一趟周山，临近 10 点，我收集好马灯舞素材后，又徒步到施正车师傅的家中。这时候，周边的邻居们都在忙着晒番薯粉丝。一看到晶莹剔透的番薯粉丝，我的馋病就上来了，想着这个点，排骨火锅打底的汤料里放点番薯粉丝是极好的。眼下阳光非常温暖，照得身上暖洋洋的。这时候，施师傅右手紧握着番薯铇粗坯，左手拿着架在木板凳上的长锉刀，对着每排孔洞进行打磨，随着尖锐的"沙沙"声，番薯铇（刨番薯或粉丝的工具）齿孔间的每排间距变得很光亮，凳子上已聚集了不少细小的铁屑。

　　跟施师傅打过招呼后，他的妻子给我搬了一条小板凳，而我并不想去打扰对方，就静静地将凳子搬至门边，坐在边上看师傅干活。施师傅戴着一副老花镜，身体非常硬朗，看不出已是 73 岁的年纪。他干活非常专注，每次切割完半排齿孔都要将番薯铇对着阳光瞅瞅，似乎在查看每排齿孔的打磨程度。初次见我他也并不觉得陌生，很是自豪地说:"买番薯铇的人很多,平阳、瑞安、苍南,还有安徽、福建……全国各地的人都来我这里买番薯铇。"见他主动开口了,我也忙着问道:"师傅,您是什么时候开始做番薯铇的,这个活累吗?"师傅一边干着活,一边回答:"我16岁就跟着我爸爸学做番薯铇了,家里三兄弟,我是老大,承担的事情就要多点。长期干这个活也不觉得累,因为这个也不是什么重体力的活。"磨完一张番薯铇粗坯,施师傅又拿起了另外一张,突然想到什么,笑着对我说:"2013年我还拿过一个荣誉证书,政府奖励我1000元。"一看证书,原来施师傅曾被评为首批"温州市优秀民间文艺人才"。我问施师傅,获得这个奖励是不是很开心。施师傅满脸微笑着回答:"那当然了。"我注意到师傅的左手食指用胶带缠着,寻思着是不是师傅的手被锉刀弄伤了,就关心地问:"师傅,您手怎么受伤了?""哦,这个啊,我是为了不让铁屑扎进手里,特意包起来的。"为了证实自己并未受伤,师傅解开了胶带,我一看,食指完好无损。看来,师傅干活有自己的技巧。

不要看小小的一张番薯铇,制作它也需要经过准备原材料、裁剪、充孔、口头切割等多道程序。施师傅说:"一天内整个流程做到位的话,最多也只能做12片,一般的话,都是以100张番薯铇为一个批次进行制作的。"师傅早上就已经口头切割了50多片。"铃铃铃",这时候施师傅的手机铃声响了,他赶忙接起电话:"喂,多少片啊?"中间施师傅又停顿了下,"这么急啊,好的,好的。"放下电话,他又利落地拿起锉刀:"年底了,我还有1000多张没做呢,每个厂家都催得及,那个急,这个急,都来不及做。这些天白日短,我基本都是五六点起床了，中午休息一下，不休息的话一天的活都干不了，年龄大了，能做多少是多少。"

在和施师傅聊天的当儿，我发现他家的工具非常新奇，有些20—30厘米高的树桩上有很深的番薯铇印记，施师傅说那是用石楠树做的，纹路深的那个已经用了50多年了，施师傅用凿子充孔就是在这个石楠树桩表面的模子里进行的。制模是制作番薯铇的第一步，师傅会采用手工的方式，在树桩表面凿刻出番薯铇或粉丝铇的模型。树龄越大，质地越硬，越适合作为模型。第二步，就是准备原材料，最初的时候将铜熔化制成铜条，然后手工敲打成铜片，但因手工敲打厚薄不均匀，后来采用机器进行扎压，这样扎压出来的铜片厚薄均匀。20世纪80年代，用铁片代替铜片，降低了制作成本，提高了生产效率。当时实行计划经济，铁片需在文成县物资公司购买，后来到瑞安莘塍、塘下一带购买0.8厘米厚的铁片。第三步是将铜片、铁片裁切成小块，施师傅有一把特制的大剪刀，一侧手柄呈半圆弧度弯曲。施师傅说这样便于把握力道，好用。他还特意给我演示裁剪铁片的过程，我惊讶这把貌不惊人的剪刀裁剪起铁皮竟然犹如剪纸一般轻松。施师傅说，裁剪的铁皮需保证在长10厘米、宽3.6厘米。第四步就是充孔，将铜片或铁片放到模型里，用凿子和锤子对其正反表面进行敲打，每敲打完一遍，就将铜片、铁片放入炭火中烧红后拿出，让其自然冷却，称之为"退火"。如果不进行"退火"，在敲打过程中，铜片、铁片容易开裂。充孔需对正反面敲打4次，退火3次。番薯铇需要充7行孔，一般第一行8个孔，第二行7个孔，依次交替，第7行8个孔，总共53个孔，

充孔

钻孔

俗称"78孔";粉丝铇有2行孔、4行孔,孔数不定,具体根据买家的需求决定。经过充孔后,番薯铇正面会高高凸起几厘米,呈斜坡状,背面则凹陷如同船底。第五步就是口头切割,将充好孔的铜片、铁片放在特制的木架上,用锉刀将充孔的孔洞切割出来。铜片、铁片经过敲打、退火后,原来平整的四周会变形,此时需要用锤子将之敲打平整。下步就开始钻孔,用钻孔机将孔洞打磨光滑,一般先钻外孔,再钻内孔,如此反复钻4—5次,番薯铇才成型。番薯铇的孔比较大,孔与孔之间间隔远,容易成型;粉丝铇的孔较细较密,钻孔时较费时费力。钻孔机也是师傅自己设计的，好似一张椅轿，前面摆着钻头，座位下面有一个踏板，用脚踩住踏板，通过绳索带动钻头钻孔。在这个过程中，施师傅还特制了一个木质盒子托住番薯铇。他说，用这个方法，手就不会被钻孔伤到。

这个时候，邻居拿着番薯铇过来让师傅修理，说是刨不动了。邻居还开玩笑道："没办法了，只能麻烦你了，谁叫只有你家才有工具。"施师傅憨憨一笑，很是热心，拿来工具，给番薯铇修整了孔洞。在文成，仍在做番薯铇的，估计只有施师傅一家了。据施师傅和当地人介绍，以前养根村到处都是制作番薯铇的手艺人。据《文成乡土志》及相关资料记载，施氏先世由福建泉州迁居浙江平阳北港凤卧，清初徙居水井头，自始祖"天"字行至"世"字行，已传 13 代。而平阳的番薯铇技艺是在清康熙十五年 (1676)，由鹤溪镇秀溪村一位名叫邓武卿的铜匠发明的，尽管他发明的刨薯工具看起来普通，但 300 多年来一直畅销全国，惠及无数民众。

20 世纪 90 年代以前，番薯是农村人的主食之一。人们用番薯铇将番薯刨成丝晒干保存，番薯铇是家家户户必备之物。养根村民抓住商机，在家里开办番薯铇加工作坊，手工将铜片 (铁片) 敲打成番薯铇，并将番薯铇销往全国各地，许多人靠制作番薯铇发家致了富。开始是几户人家生产，后发展到每户男女都能生产。20 世纪 70—80 年代是生产番薯铇的鼎盛时期，实行联营生产，分小厂制作，由总厂集中销售。20 世纪 90 年代后，社会主义市场经济兴起，粮食可以自由购买，番薯不再是人们的主食，再者大多数青年外出务工、经商，番薯铇厂因此随之销声匿迹。至 2015 年，养根村只剩施正车师傅一人还在手工制作生产番薯铇。

看着施师傅很细心地钻孔，我不敢再打扰，心想，师傅干得这么辛苦，有没有碰到什么商家欠钱不还的情况。我就跟坐在身边的师母聊起这个问题来。施师傅听到了，停下手里的活儿接话道："买番薯铇的基本都是办厂的，都是实在的人，也都是干苦工的，做苦工的人不会去欠苦工人的钱，何况这次他们要是不给我钱，下次就没得做了。到目前，我还没碰到不给钱的，有些是做之前就先付给我钱了。"没想到，施师傅文化不高，可说话却这么坦诚，着实感动到我了。

临近上午 11 点 30 分，施师傅家还在忙着给番薯铇钻孔，"扑哧扑哧……"声音听起来是那么古老久远，不知道以前养根村家家开办番薯铇加工作坊的热闹场景是怎么个样子的？

铁炉红一红：打铁匠

    下河，就如她的名字一般。村内流淌着一条河，其原名叫"下跳"，由于该村在小溪的右岸，屋下是小溪河，就改名"下河"。这个村已经有百余年的打铁历史，是一个远近闻名的"文成打铁第一村"。当地有民谣传唱："铁炉红一红，比上做木二三工；祖祖辈辈靠打铁，富了下河一个村。"

    打铁器这个手艺曾经养活了下河村好几代人，是下河村人的经济支柱。下河村村民的打铁经营方式各不一样：有的在自己家里开设打铁店，成为夫妻店、父子店、兄弟店；有的到外地定点设摊，边加工边出售；有的自带工具走家串户为村民服务。

    村主任余贤地正带着我去找蔡师傅家的打铁铺。没走多久，就听见"叮叮当当"的敲击声，棚内还传出几声狗吠。路边的拐弯处放着一堆废铁和木炭，而我们此时脚下的路就如木炭那般乌黑。

    此刻，蔡师傅上穿蓝布衬衣，下着一条灰色布裤，脚上的解放鞋

回炉将生铁烧至液态

还稀稀落落布满了小孔，这应该是打铁时被蹦出来的火星烧破的。

　　环顾四周，我发现这里的打铁铺还真不少，差不多有 10 多户，搭建棚顶的材料也五花八门：一些是用竹子搭建的，上面盖着一层帆布当屋顶；一些是以木柱子作支撑，上面盖着油毛毡；还有一些"屋顶"用的是两层材料，最顶上盖着一层铁皮，下面那层是叫不出名的材料，旁边还铺着几个装过化肥的编织袋，也许师傅是想用这个当作避雨的屋檐。棚子里都蒙着一层厚厚的灰，像一层雪一样，特别是在顶上的，我看着像要落下了，可是定睛一看，它又牢固地黏着。

　　打铁铺的面积有的是小小的 10 平方米，有的 20 多平方米，这个算是一个打铁人的"家"了吧。"家"里的陈设是中间一个大火炉，用砖块加黄泥垒砌，火炉旁装着一个鼓风机，师傅上下摆动闸刀，火炉里就会发出嗡嗡的声音，带着火苗直往上蹿，而且周围还摆放着锤子、铁毡、铁墩、大剪刀等家当，怪不得有人说打铁铺就是一个"铁匠炉"。条件好一点的，会看到一台转着履带的空气锤作"帮手"，空气锤捶打的轻重度，完全靠师傅脚踩的一个铁杆子控制。外行的我，眨巴着眼睛，真怕师傅捶打到自己的手。环顾四周，发现所谓的"铺"只是一间破房子。

村主任边拿着地上的料铁边跟我介绍，打铁器既是个技术活，又是个力气活。打制好一件成品铁器至少需要经过选料、加生、锻制、淬火、细节修理等 5 道工序。最早的时候，村主任自己也是靠打铁为生的，16 岁开始打铁，1 天的工资是 1 元，那时候，做簸的工资 1 天才 4—6 角。最初用来打铁的铁料主要是纯铁块，还是从沙子里淘洗的，筛出来的铁沙就被提炼成铁块。至今，村主任还保存着一块斑驳的铁砖。乍一看，还以为很轻，一拿起，沉得不行。现在，师傅们在选材时，首选材料是废弃的轮船与锅炉，这些钢材比纯铁块容易打造，厚度也非常适合打制农具，会让打制的过程减少一些工序。选好材料后，将铁片按需切割下来，再将上等生铁敲成碎块，备好松木炭就可以准备打铁了。这时候，临近的余师傅正在将松木炭倒进一个加水的黄泥坑里。我很是惊讶，站在一旁的村主任指着火炉解释道："松木炭只有在黄泥里搅拌过，才能耐烧，放进炉灶里时，火苗的热量不会往上蹿，就会被闷在炭火下面，有助于将料铁更快烧红。"第二步就是"加生"，正好附近的余师傅在做这道程序，他在火红的料铁一侧边缘加生铁。村主任指着眼前的工艺流程告诉我，下河村的打铁技术传承的是南北朝时期綦毋怀文发明的"灌钢法"，并在传统方法的基础上采用单面"加生"技艺，先将选好的料铁放入松木炭烧炉中烧红，再将其打成"L"形，然后根据需要将一定量的生铁均匀放在上面，回炉将生铁烧至液态，使生铁渗入料铁中，使铁渗碳成钢，再取出锻打，使生铁更好地渗入料铁中，直至生铁和料铁完全融合。这种"灌钢法"的独到之处在于，其"加生"工艺只在料铁的一面使用，使成品刃口的两面耐磨程度不一致，从而达到使刃口保持锋利的效果。这样锻造出来的铁器农具质地非常好，十分耐用。当地人说，他们一辈子也就用掉两三把锄头。打铁的第三步就是锻制，将料铁放入炉火烧红，反复锻造，按需要锻打成形。过去锻打全靠手工，要三四个人一起打，一天也打不了几个工具，后来，村里有了电，开始使用空气锤打。村主任说，在以前，平和村的女孩子都会打铁，因为打铁铺基本上是小家庭作坊，看来在打铁行业，女子也可以顶起半边天。第四步是淬火，就是将金属物件加热到一定温度，保持一段时间，随即浸入淬冷介质中快速冷却的金属热处理工艺，以增加铁具的硬度和耐磨性。下河村打制铁器用的都是水淬，淬的程度全靠师傅们的经验，这是铁匠必备的看家本领。最后一步就是进行细节修理。刚制成的铁具比较粗糙，这一步骤是为了让铁器表面更加美观、整洁、富有光泽。只见林师傅拿起竹瓢，在水桶里舀了一瓢黄泥浆浇往锄头锋利的一面，然后放进火炉里，不一会儿，用钳子夹起炉膛内的铁器，将其沉入水槽，"哧啦"一声，一股白烟瞬间腾起，然后将锄头锋利的一头摁到铁砧上捶打。我发现，经过水淬、浇过黄泥一侧的锄头更加白净和光亮了。原来稀黄泥用处这么大，也真佩服铁匠们的智慧。

20世纪七八十年代，是下河村打铁最鼎盛的时期，全村有130余户人家开打铁铺，打铁落下的锤声此起彼落，飞溅的火花交织成一片。"这么多打铁人，难道在生意上不会打架吗？"我很是惊讶。干活的蔡师傅笑着回答："不会，大家反而相处得很融洽，都各自经营着自己的强项。"

村主任领着我们来到另一家打铁铺，一个老师傅拎起叠好的锄头板成品。"这些要销往杭州。"老师傅的脸上洋溢着笑容。由于平和打制的铁器质地上乘，农具不仅深受当地百姓的喜爱，还销往杭州、温州、台州、金华一带，深受好评。

一个破破烂烂的打铁铺、一个粗糙的大火炉、一个转动的小风扇、一双由于常年打铁已经无法伸直的布满老茧的手掌，还有这一叠堆好的锄头板，这就是一个手艺人汗水凝成的诗行。这里没有音乐陪伴，有的是震耳欲聋的"叮叮当当"；这里没有整洁的环境，有的是到处飞散的木炭灰尘；这里没有春暖花开，有的是炉内的火苗发散的炙热。此时，看着师傅们脸上那种幸福的笑容，我被震撼了，是被劳动者的人性美震撼的。

问了一下这里的师傅，他们大多十七八岁就和家里人学打铁手艺了。前面提到的余师傅，现在60多岁了，他从17岁开始打铁，他们家族从余师傅的爷爷辈就开始打铁，家族至今仍对这个行业不离不弃，而蔡师傅本人是 17 岁开始打铁，现在已经 50 多岁了，他们的岁月在打铁的流年里度过。

据蔡师傅介绍，他们家有两兄弟，自己初中没毕业就被父亲叫回家打铁了，和他一起学打铁的还有他哥哥。从小就看过打铁的蔡氏两兄弟，对打铁并不陌生，长期的耳濡目染，已经在他们脑子里种下了"经验"的果实，学了一两年就已经是小师傅了。这在外乡人看来，其实是非常难的一件事。

以前打铁不像现在这样，一天 12 个小时。以前是上半年打半个月，下半年打半个月，其余时间回家干农活。那个年代，也就是在 20 世纪七八十年代，全国正轰轰烈烈地搞农业生产，对铁制农具的依赖程度可想而知。这也给蔡氏兄弟带来了机会。在当时，打铁也是流动的，3 个人，挑起满满的打铁家当，哪个农户需要做农具，就上哪个农户家里，光景好的时候，农户家还可以包上一两顿饭，一个月累积下来每个人也可以挣个十来元。后来村村通了电，蔡师傅一行人就只能"定居"，回到家中建了一个打铁铺，没想到铁锤一抡就是 30 多年，蔡师傅说自己也记不清楚磨光了几把锤子柄。我们真真地看见，木头柄上还留下了很深的发着油光的指印，"抓铁有痕，踏石留印"，说的也就是像蔡师傅这样兢兢业业踏踏实实的劳动人民。

师母告诉我们，打铁是一个很苦的行业，她早上 4 点半就要起床为丈夫做饭了，因为丈夫早上 5 点多就开始打铁，一直持续到晚上，有时候订单多了，就要深夜加班。这些年丈夫比同龄的人看起来老了许多，一双布满厚茧的双手，由于常年握铁锤，已经伸不直了。女人

从火炉取出锻打

说的有些让人心酸，可是她的脸上却是满满的笑容，丈夫的勤劳培育了家里的两个大学生，现在都在行政单位上班。

蔡师傅对于打铁，依然保持着一份热爱，我们问他要打到多久才"退休"，他笑着说，打到打不动为止。蔡师傅这种传承手工艺的敬业精神，怎不让我心生佩服！

现如今，平和村只有10多户人在打铁。"技由人传"，没有人去学，哪里来的传承？随着机械化的到来，今天，手工艺被挤在了城镇的边缘，除了偶尔还可以在村庄的小径里听到几声稀疏的"叮当"声，恐怕儿时的记忆，要渐渐地去博物馆里才能找寻到影子了，特别是等蔡师傅、余师傅这一辈人老去，打铁手艺的未来又在何方？

摆渡人生：撑船人

　　随着时光的推移，飞云江边茂盛的杉树和绵延数十里的鹅卵石景象似乎在我脑海中渐渐淡去，此刻，面对平缓的飞云江面，很难想象曾经有过"千帆过尽，百舸争流"的胜景。文成水运始于唐代，宋代渐盛，而飞云江（文成段）是县内水上客货运输的唯一航道，据《文成县志》记载：（文成）1949 年有竹筏 236 只，木帆船 322 艘，专业筏船民 873 人；1957 年有木帆船 250 艘,1192 吨位，船工 510 人。

　　飞云江境内航道，流急滩险，从事撑船这个行当是十分艰苦的，民间流传着一句老话："人生三大苦，撑船、打铁、磨豆腐。"据 69 岁的撑船人李士华师傅回忆，家里从爷爷那辈就开始撑船了，爷爷把撑船的手艺传给了父亲，父亲又传给了他，他自己从 13 岁开始就跟随父亲撑船，父亲撑的这条船最初就是李师傅的爷爷造的。讲起小时候，李师傅是一脸的笑意，那时候，他家一出门就是溪，一到夏天，大家都跳到河里去游泳，所以，他很小就会游泳了。以前珊溪飞云江边的

飞云江（夏肇旭摄影）

这条路都是溪水，一直到现在地震小区所处的房屋一带，都曾是飞云江的流域。我也记得，小时候，是没有这一条路和小区的，都是后来填平的，那时候的飞云江是那么的宽阔，浩浩荡荡，奔涌而来，江面上来往船只，穿梭不停，一派繁荣景象。

　　李师傅说，以前的木帆船，瑞安那一带人又叫大凿艇，也有人叫凿口艇。在 1958 年初文成至瑞安平阳坑公路首次通车前，运输工具以竹筏、木帆船、梭船为主。从泰顺百丈口到瑞安县城主要靠木帆船，木帆船是一种木质平底两头尖的船只，其长 15 米有余，底宽 1.7 米有余，船沿宽 2.5 米左右。竹篷两块，桅杆一根，船头有鼻孔。船内分七舱，从船头起依次为明舱、头舱、二舱、篷中舱、困舱、刮水舱、伙舱。船头二桨,船尾一桨一舵。梭船又叫蚱蜢舟,俗称两头尖,以其形如织布梭子而得名。木质平底,上盖竹篷,有小桅杆,逆水顺风时可张帆。一船二桨,船尾以桨代舵。梭船吃水浅,航速快,掉头灵便,是可行于江、溪、河、泊的小舟。竹筏就是用 11 根毛竹串成的筏,适宜在浅水小溪运输。据《文成县交通志》载,沿江的峃口、珊溪、汇溪等地,历来是文成县境内的航运中心,肩负着文成全县及瑞安、泰顺、景宁等地的客货运输。在飞云江支流玉泉溪、泗溪、峃作口溪有竹筏运输,担负着县内一部分物资集散任务。看来竹筏、木帆船、梭船都有各自的用处。

据相关资料记载,清代至民国时期,珊溪以"船帮"为单位,各自结伙为"帮"。水上霸头统揽货源,分配给各"船帮"运输。水运氏族帮会一直延续到 1949 年中华人民共和国成立前为止。1953—1956 年,文成县人民政府整顿水运,先后建立船帮会和集体所有制的船筏运输合作社,之后珊溪也成立了运输合作社,木帆船由合作社统一管理。李师傅说,他们那时候撑的船就是木帆船,一条船由 2—3 个人负责,由 1 人在后面掌舵,其余人在前面用船桨赶潮水。要是涉滩,就要拉起船舵,将桨换成竹篙。碰到逆水上行搁滩或者遇到险滩恶水,撑船人就要下船拉纤,用竹杠穿过船头鼻孔,船工背杠,数人拉缆背纤前进。李师傅说,纤是一种用篾绞成的缆绳。撑船人将纤套在身上,曲着身子,需使尽全身力量,才能拖着船往前走,肩膀和手臂被纤勒得生疼。我问,要是碰到寒冬腊月,也得下水吗?李师傅笑着说,下啊，水面结冰了也要下水，不拉纤，船就动不了，有时候水到腰部这么高，能把人冻得全身发抖。所以冬天里，撑船人的手脚就会生冻疮、开裂。如果穿着草鞋下水，要是没注意脚下，指尖就会碰到尖利的石块，疼得要命。李师傅说到这的时候，情不自禁皱起眉头。那疼，让他至今记忆犹新。加上长期泡在水里，从事撑船这一行业的人往往就会落下病根，李师傅的父亲就患有严重的关节炎，常常双脚疼起来就下不了地，走不了路。李师傅还告诉我，每出一次船，两双草鞋是必备的。一年来回瑞安百丈口那么多次，不知道穿坏多少双草鞋了。以前巨屿方前村一带卖草鞋的人特别多，那时候，撑船人都是到那里去买的。说到这时，李师傅挺直了腰板，笑着用手指了指方前村所在的方向，因为卖家多，基本一两角钱就可以买到一双。仿佛飞云江的木帆船还在，仿佛买草鞋的事情还在昨天。

过去交通不方便，没有专业客船，木帆船基本是以运货为主，兼带客人，山里的人基本不出门，除非要到瑞安、温州市区看病或者办急事。撑船人的生活是艰苦的，珊溪、瑞安来回一趟需要 7 天时间，吃喝拉撒基本都在船上。木帆船上会有一口泥灶台，供撑船人烧饭用，由于物质条件匮乏，船上的食物以番薯丝为主，只有从瑞安上来才买点大米；睡觉都在中舱，一般百丈口到瑞安货物比较多，主要运送木材、山货等土特产到城里卖，而中舱就会被塞满货物。一旦如此，撑船人就得睡在货物上面（货物上会盖一层一层簟席，这个簟席中间夹着棕树皮，具有防雨作用），而回程运回来货物会少，一般带回文成的有海鲜、生活日用品等，这时候中舱甲板就会空出来，大家就可以睡在铺有棕树皮编织成的草席上。

木帆船一路从百丈口到瑞安，要经过的大码头有百丈口、汇溪、珊溪、峃口、营前、平阳坑。在李师傅的记忆中，最热闹的还是珊溪码头。那时，珊溪为飞云江中上游主要埠头地，且瑞（安）文（成）泰（顺）大路亦经此，上通泰顺，下达瑞安，为历代水陆交通要道，当时运往泰顺翁山一带的货物，都要在此卸货，然后通过肩挑背扛等人力方式带到目的地。

说到这，李师傅停顿了一下，像是想起什么，继续笑着说道，虽然撑船人辛苦，但手头有木帆船，出行方便，从瑞安带货也方便，特别是每次上来可以从瑞安带上一些米糠，这个东西，猪吃了长得特别结实。一年到头，把猪卖了，又可以挣一些钱，所以在山水环绕的文成，相比以种田为生的农民而言，撑船人找对象特别好找。在媒人的介绍下，李师傅19岁时就成了亲。

没想到撑船人这么吃香。于是我就问李师傅，那撑船人的薪水有多少呢？李师傅哈哈一笑，他说，其实撑船人的薪资也是微薄的，一趟船撑下来的工资是7—10元，只是出行方便，相比窝在家中的男人会好点。很快，李师傅就有了孩子。为了补贴家用，台风期间，他会和4个队友一起撑着船到沿江附近打捞被洪水冲刷而下的木材。李师傅记得1973年那一年台风特别大，打捞木材过程中，木船不小心被江浪打翻了，其中一个队友抱住了树墩，另一个眼疾手快，跳到了岸上，还有一个被冲到树顶，所幸李师傅抓住了一个浮木。原本想着能依靠浮木游到岸上，可是听到不远处有呼救声，一看是队友在喊自己的名

飞云江（夏肇旭摄影）

字。于是，他就奋力往落水的队友方向游，经过几番努力，才在急流中抓住了对方的手，由于筋疲力尽，二人只能依靠浮木一路向下漂流，所幸在方前附近长了一大片林子，二人就游到了树上，在树顶蹲了一夜。洪水来得快，去得也快，见水流不那么湍急了，他们便游回了岸边。这以后，李师傅救人的事迹一直被当地人传颂。

人会生病，生病了就要看医生，船也一样。一条船，差不多3年左右就要维修一次，特别是船底和两侧的船板要是破损了就要更换。船底的木材一般会选择桐木或者枫木，因为这两种木料会重些且耐腐蚀；船两侧的木会选择柳树，因为柳树材质较轻，干燥后不变形。李师傅记得，珊溪曾有一个专门的维修厂修理船只，由4个师傅负责。20世纪90年代，开始建设珊溪水利枢纽工程。渐渐地，上游的水上交通没了，到后来维修船只的船厂也没了，一些撑船人搬家到了温州市区、瑞安一带，也有一些撑船人因为不舍，继续留在这一片土地上寻找其他出路。

如今，飞云江面只见漫江碧透，鱼翔浅底，已不见"千帆过尽，百舸争流"。

浴火出白银：打银匠

　　顺着稽垟村笔直的村道往前走，经过一棵千年古樟树，沿着河岸再往前，行一小段路程往右拐，就听到街头一隅，传来"叮叮当、叮叮当"的清脆声。我循着声响源头，走进门内，只见戴着老花镜的朱昌成师傅正坐在木墩前，左手用钳子夹着一根银条，右手拿小锤对着银条在敲打。朱师傅是一位银匠，还是县级非物质文化遗产代表性项目金银器加工技艺的代表性传承人。他 15 岁开始跟随父亲学习打银手艺，一锤一錾，在叮叮当当声中，转眼已经过去 56 个年头，现如今 71 岁的朱师傅已经是满面皱纹。

　　在文成，人们把从事银饰品制作的店铺称为打银打金店，这种店铺遍布文成各个角落，而干这行的人就叫打银匠。要是哪家有小孩出生，做外婆的就需要打上一对银手镯或脚镯送给外孙，月龄小的孩子用小红绳绑在袖子外围，这样做，民间有一个说法：一来可以避邪，二来可以祛风。等孩子再大点，奶奶就会向村里各户人家讨要零钱，

打银

而各户人家出的金额也不等，有一角、两角、五角的，也有一元、二元、五元的，出多少，全都看各家的心意，然后自家再凑上缺额给银匠，让银匠给孩子打一条银项链。给孩子打的银项链上会挂着一个银制的八卦牌，上面写着"荣华富贵"或"长命百岁"，老人说这样孩子会"赖以"，意思说会好养点。以前，条件好一点的人家，会给孩子打一个银项圈，上面系上长命锁，同样镂着"长命百岁"等字样，这些话语都寄托着家人对孩子的期望和满满的喜爱。

朱师傅的打银店，挨着靠门的右墙，就小小的一两平方米，角落里摆着一个不到1米高的简易木架，架子上放着一个用土块和砖头制成的迷你炉台，左边是一个手拉小风箱。临近小炉台的后面是张桌子，桌面和抽屉里零零散散摆着锤子、镊子、錾子等大大小小的家什，旁边还有一个经过数十载岁月打磨的木墩，斑斑驳驳，黑得像炭。朱师傅说，这些工具，大部分是爷爷和父亲留下的，一些破了就重新补，真不行了再自己买一些替换，虽然跟不上时代了，但仍舍不得扔。

见我看得仔细，正在全神贯注敲打银条的朱师傅边干活边跟我聊起来，他说手工打造一个银脚镯工艺烦琐，要经过购料、选料、裁剪毛坯、融料、制坯、捶打、焊接、抛光等多道工序。朱师傅的银料基本是从福建采买，选择的是4个9的银，然后根据所需决定镯子的大小，通过用锤子击打小铁钎将其分成小份，每一份都得过秤，小孩的脚镯和手镯基本需要1.2钱，大人是1.4钱。裁剪的毛坯被放入小酒杯大小的铁杯中，把铁杯置于炉台上，随着旁边"呼呼呼"的拉风箱响起，黑炭很快变红。感觉没一会工夫，铁杯中的银化成了浆，之后快速从木架子下取来一个带有凹槽的小铁棒，滚烫的银浆在触碰铁棒后，瞬时变成了银条，将带有凹槽的铁棒反扣在木墩上，一根银条就出现在眼前。朱师傅立马用钳子夹住银条，右手用铁锤开始敲打，每敲打一下都要将银条翻个身，之后，又将银条放在炭上烤，再把刚才已经烤好的银条取出来继续敲打，还不时拿到眼前端详，如此反复加热、捶打，直至打造成一个细长圆润的银条，锻银工序才算完工。我问朱师傅，打造一根这么细长的银条，需要多少时间。朱师傅往上推了推滑下的眼镜："差不多要一个早上，这个也说不上来，现在年纪大了，眼力不好使，干多久是多久。"如果要打造脚镯上的铃铛的话，就要将银条敲打成片状，打出的银片必须厚薄均匀、表面光滑才行，待冷却后，放到铝板上錾刻、镂空花纹，制作铃铛有个模子。说到这的时候，师傅拿来一个有不同大小圆形凹槽的模具。他说，这个就是制作铃铛的模具，通过这个就能压制成型。一个银脚镯要由几个部件组合而成，就需要用焊接的方法连接各个部分。焊接好后，还要通过细细打磨，去掉毛刺，使银镯更光滑明亮。

　　这时候，一位阿姨拿来一条银手链。她有些羞涩地说，这个是丈夫用银圆给自己打造的定情信物，由于钩子断了，拿朱师傅这里来焊接。有老客户上门，朱师傅很是热情地招呼着，赶忙停下手中的活儿，一边接过手链查看断裂的地方，一边和对方说着家长里短。之后，他坐在条凳上，在焊接的结合部位涂上一层硼砂，然后脚踩着鼓风机，手上的焊枪对着银链子接头瞬间就喷出火舌。在火舌的高温下，银链子接头开始发红，颜色也开始变黑。朱师傅对着旁边的阿姨说："这个

焊接

手链银的纯度不是很好。"判断一个饰品银的纯度好不好，朱师傅有自己的一套经验，他说如果银在经历焊接、过酸水后呈现白色的就是好银。所谓的酸洗就是把银器放入掺和白矾的清水铜锅内，将铜锅放在火上烧煮沸腾，银器会变成银白色。

　　由于银的纯度不高，加上银的接头钩子太短，银链子焊接存在问题。朱师傅琢磨了数秒，于是从银毛坯上裁剪下一小块，用焊枪烧制成水滴状，然后拿来锤子，通过不断地捶打，将粗糙的银块敲打成了条状，接着拿来一个像是不锈钢制成的铁片，上面有一排大小不一的圆孔。他把银条穿到其中的一个圆孔中，用左脚踩住铁片，手握铁钳子夹住银条的一头往上拉，待拔出来的银条变细后，又移到下一个较小的圆孔，用同样的方式将银条拔细，以此类推，直至将银条加工成自己想要的大小和粗细，这个过程叫拔丝，是个费体力的活。之后，朱师傅从拔好的银丝上裁剪下一小部分，用钳子将其弯曲成S形，一个小钩子就做好了，然后抹上硼砂，通过焊接，将缺口又连接在了一起。经过酸洗，手链变成了闪亮亮的银白色。这是多么神奇的转变，仿佛浴火重生了一般。

以前没有焊枪，都是拿煤油灯吹的。想起以前，朱师傅是满脸的感慨，就是把要焊接的两个部位对着灯火燃烧，用空心铜管，把煤油灯火聚成一束高温火焰，类似于现在焊枪喷出的火舌。

当我问朱师傅是什么原因让他选择打银这个行业的，师傅笑着说，小时候看爸爸在打银，他觉得好玩，也会拿着工具在旁边敲敲打打，爸爸有时候也会让他一起参与，由于是祖辈传下来的手艺，爸爸也想让自己能有一技之长，于是他15岁就开始正式学打银。

祖传的手艺到朱昌成已经3代了，20世纪90年代时，村里的其他银匠都改行了，唯独朱师傅偏偏舍不得祖上留下来的这银匠手艺，一直坚持做到了现在。

为了方便顾客找到他，他现在大部分时间选择在家中加工打银。他记得小时候，爸爸为了能多卖一个银手镯，常常一离开家就半个月，所以，每次看见爸爸外出回来，他都特别开心，因为又可以听到爸爸叮叮当当的打银声了。后来自己开始学打银，卖手镯脚镯，才体会父亲的苦。三四十年前，自己一天要走上100里路，一边走，一边叫卖"打银喽，打银喽……"通过这个方式，四处招揽生意，到了晚上就要到农户家找借宿的地方。"现在不好借宿喽，人家都不愿意给你借宿。"朱师傅再次感慨道，"现在打银的人少了，生意不好做了，以前一户人家三四个孩子，就要三四对手镯，现在家庭都生一个、两个，都宝贝得很啊。"

在文成，打银是一门古老的行业，虽然打银的生意不那么景气，但外婆给出生的外孙打一对银手镯的习俗却从未改变，形成了深厚的民间文化。听，打银匠们"叮叮当当"的敲打声仍在巷子里回响。

顶上功夫：乡村理发匠

"剃头咯，剃头咯……"一听到这声音，大伙就知道村里来了理发匠。这时候村里的男女老少就会从窗户或门边探出脑袋。只见一个理发匠边拿出剃头篮里的工具，边站在村口大树下吆喝大伙来剃头。剃头篮里有三屉，里面摆放着剪子、剃刀、掏耳勺等大大小小的工具。男人们赶来大多是剃头，但女人们纯粹就是去"拉闲话""听新闻"的，因为那时候村里的娱乐项目少。记忆中，也就是在20世纪八九十年代，不知道为什么村里人人头上虱子多，特别是小孩，由于大人农活忙，我们这些小女孩大都会在大人的强烈喝令下被理发匠剃成男孩子发型。那时候，看大人剃头，也是我们小孩的一个娱乐项目。说真的，还真是佩服理发匠的手艺，先是在人头发上剪几下，再拿剃刀在一条牛皮带上"嚯嚯嚯"磨几下，接着在脑门上或脸上"唰唰唰"刮几下，人就被整精神了，像是穿了一件新衣裳一样。

然而，时光流逝，在车水马龙的街道上，在五花八门的理发店里，

蒋师傅理发

那走村入户的理发匠已经不见了，如果幸运的话，在乡村的拐角路口你还可以看见他们，只不过手里已不见了剃头篮。你听——

正月佑帝头，

二月天龙头，

三月斤工头，

四月龙凤头，

五月癫痫头……

这些在 20 世纪五六十年代，乃至更久远的时间里，曾是理发行业师徒口口相传的顺口溜，然而在今天的理发行业新秀里，估计知晓

剪发工具

的人已经不多了，可 67 岁的蒋缓和老师傅念起来依然朗朗上口。蒋师傅告诉我，佑帝头、天龙头、斤工头都是剃头的好日子。当我对什么是"斤工头"提出疑问时，老师傅耐心地给予解答：斤工是一个传说，说是古代一个皇帝的儿子叫斤工，所以这个月又叫太子头，寓意吉利的意思。老师傅还说，5 月的话，村里人就不会给孩子剃头了，因为剃了会生癫痫头，又叫头癣，得了这病就很难好。

蒋师傅 10 岁跟着爷爷的徒弟学剃头，也许是遗传，没学几个月就出师到乡村给人剃头了。蒋师傅说自己爷爷也是乡村理发匠，只不过在自己出生前就过世了。老人回忆，20 世纪 60 年代剃头，村里人都是"包头"的，所谓的"包头"，就是这一户人家一年到头剃头的任务都给一个师傅包了，那时候包一年的剃头费是一元三角，多的时候是一元四角。通常给小孩理发不用钱，但管吃，一户人家有小孩剃头的话一年可以管吃四顿饭。那个年代，由于剃头师傅少，蒋师傅自己一个人就要剃上百个村，忙也忙不过来，差不多一个村 20 天要轮一次，因为男子 20 天左右胡子和头发就长了。蒋师傅说自己最忙的时候是 80 年代去温州开理发店期间，那时候一个人带 3 个徒弟，忙的时候，从早上一直剃到第二天凌晨两点，可以说新桥、潘桥、桥溪等五六个小镇的人都来他这店里剃头发，一个月的收入就可以达到上万元。老人心里数了数，自己这一辈子在乡村剃了 20 年，在温州剃了 20 年，在文成这 5 平方米的小店里剃了十几年，一切仿佛在昨天，现在老了，剃不动了。是啊，岁月如梭，转眼，剃头少年已是满头银发。

我忽然想起孩子剃满月头的事来，就问蒋师傅，在 20 世纪六七十年代剃满月头要花多少费用，是不是像现在一样得给个小红包。蒋师傅笑着说，现在给红包也是主人自愿出的，以前没有红包，就是给两个鸡蛋、一壶红酒再加一碗面。剃孩子的满月头是有讲究的，要做"五福四转"，就是在孩子洗头的面盆里画一道符和做 4 个动作，类似于祈福的小仪式。剃满月头，需从脑门左侧开始剃，意为"开门头"，护佑孩子一生平安。剃完之后，需要把剃下来的婴儿胎毛发用红纸包好给对方，这样可以给孩子压惊辟邪。说到这，蒋师傅来了兴致，接着说道，要是剃将死之人的头，就要从后面剃起，意为"从头开始"。要是剃和尚头的话，也有讲究，需要拿着一个碗，口含白开水对着和尚的头喷 3 次，且得先从中间剃 3 刀。我问，你对着人家头喷水，对方不会生气吗？蒋师傅笑笑，不会的，这是一种许愿仪式，和尚们知道的。蒋师傅还告诉我，这落在地上的头发是种菜的最好肥料，种出的番薯、芋头特大特肥，以前收地上碎发是论斤卖，现在种地的人少了，过来收头发的人也少了。

从早上 7 点到下午 4 点多，蒋师傅已经理了 26 个老人的头了，这已经是蒋师傅体力的极限了。蒋师傅说，他最多一天剃 30 个头，再多，身子骨吃不消了，人会站不住。蒋师傅剃头有个细节，第一步就是将人的衣领内翻，然后开始理发，接着将凳子放倒，让人仰面，再用热毛巾捂在嘴上，其间反复擦的力道会逐渐加重，之后用刮刀刮胡子、刮脸，最令人惊讶的是师傅的"刀锋洗眼"技艺，在眼角边轻轻一挥一舞就洗去眼部的脏东西了。蒋师傅说，如果不洗，尤其是老人，还有就是从事水泥、木工行业的手艺人，脏东西特别容易堆积在眼角，这样就会堵塞眼腺，让人眼泪流不出来。接着，将凳子重新竖起，再仔仔细细修剪头发，最后就是洗头，洗完后，将顾客的领子外翻，每个细节他都认认真真对待。顾客就开玩笑地说，蒋师傅剃头就像割菜一样，又快又好。

同样，剃了将近 50 年头发的珊溪镇坦歧村朱德松师傅告诉我，每个行业都有规矩，剃头也不例外，你就说刮脸吧，这个脸就要刮 72 刀半，朱师傅一边说一边比画着，最后半刀在额头，前后推一下，就算刮好了。以前，村里的人都是"包头"，不像现在去店里剃头。临近农历腊月，朱师傅就要提着剃头篮下村给人家剃头了，年底前给村民理发都是免费的，为的就是给明年揽生意，因为这次给这户人家理了头发，相当于"定头"了，从明年正月开始，这户人家全年的头就是你包了。朱师傅还说，其实理发匠带徒弟时，都说自己是师傅，但其实不是师傅，真正的师傅是吕洞宾。关于吕洞宾，民间流传一个故事，说是皇帝朱元璋长了一个癞痢头，每次理发匠剃头要是不小心碰到癞痢就会招致杀身之祸，这事被吕洞宾知晓了，他把自己变成了一名理发匠，上门给朱元璋理发，不但把朱元璋头剃好了，而且治好了癞痢头，因此民间理发匠们就将吕洞宾奉为开山祖师。

苏轼曾云，"虽然毫末技艺，却是顶上功夫。"快过年了，你不妨去乡村理发店坐坐，领略老师傅们的"顶上功夫"！

"弹"奏人生：弹棉花

　　农村里要是哪家姑娘出嫁了，妈妈就会跟弹棉匠约好，弹上三四床新棉花给自己的闺女当嫁妆。"被子"与"辈子"谐音，也寄托着母亲对女儿的祝福，她希望新娘新郎"一辈子"都过得幸幸福福的。

　　小时候，在珊溪的街巷，时常会看到一间小屋内或一个临时窝棚里放置着一张用木板和4条木凳子搭成的床，床上铺着雪白的棉花。只见一个人背着一张弓，用小红锤不停地在弓弦上敲击着，伴随着"嘭嘭嘭砰砰砰——"的声响，棉花在弓弦周围上下飞舞着。那时候的印象就是觉得棉花挺白的，从未去想过，那些寒冬里盖在身上温暖的棉被就是从这些弹棉匠手里一点点弹出来的。现在想找寻儿时的记忆时，发现这些手艺人已经渐渐远去，就如流逝的岁月一般。棉花匠或老了，弹不动了，或由于这行业太苦太累，另谋出路去了。

　　无意间，在与婆婆谈话中得知，我女儿上幼儿园的被子就是纯手工弹的，质量特别好，盖起来也特别暖和。按照婆婆告诉我的路线，经过询问，在珊溪南林路偏角的理发店对面，我找到了这家弹棉店。远远的，我就看见一床弹好的雪白棉花被摊在木板上，这时候，林家梅师傅正在将弹好的被子用"面盘"压实叠好，装进袋子里。林师傅说，这是他给自己女儿出嫁准备的，瞧，棉被上还有用红纱编成的一个"喜"字。幸运的是，我并没有错过现场看弹棉花的好时光。林师傅说，他还要弹一床小朋友的被子，2斤多重，说是专门给孩子在幼儿园盖的。话刚说完，老伴已经从门帘的后面拿来崭新的棉花，并将棉花片撕成小碎片。这边，林师傅已经忙着戴口罩、系围栏，之后从脚下套上一条腰带，一根有弹性的竹竿尾部的铁钩子就钩住了套在后腰带上的一个小环。这根竹竿比林师傅的个头还要高出半米，林师傅管它叫"背弓竹"。"背弓竹"上头系着一根粗绳，另一头绑着弯弯的弹弓，这弹弓就跟一把弓箭一样，弹弓上的弦是用坚韧的牛筋做的。对这工具，元代王祯在《农书·农器·纩絮门》书中就有详细描述："当时弹棉用木棉弹弓，用竹制成，四尺左右长；两头拿绳弦绷紧，用悬弓来弹皮棉。"由此我们知道，弹棉花可是祖祖辈辈传下来的老手艺。

等一切准备就绪后，林师傅左手握着弓，右手拿着红色木槌就开始敲打弓弦了。随着有节奏的敲打，弓弦会发出"嘭嘭嘭砰砰砰"的声音，棉絮也开始在弓弦上丝丝飞舞起来，渐渐地，被弹散、弹松。估摸1个小时后，原先厚实的棉絮开始变成了云絮状，2斤多棉絮被弹成了一小座棉花山，好似棉花糖。弹好后，林师傅将棉花有序地堆成豆腐块状，"豆腐块"的尺寸就和被套的大小差不多，再用"谷施坦"

林家梅师傅弹棉花

（方言谐音）将棉花压实，接着，拿来竹制的牵纱篾开始牵红线，再覆上棉花纱，用"棉盘"反复压实。我发现靠在地上的棉盘由于岁月的打磨已经变得十分光滑。林师傅说，他 16 岁就开始弹棉花了，现在 63 岁了，他弹棉花的时间有多久，这个棉盘就跟他多久，可以说他的一生都在弹棉花。林师傅还说，现在人老了，要是 10 斤一床的棉被，一天只能弹一床；弹两床的话，得赶早，要从早上 5 点，一直弹到晚上七八点。手艺人靠手艺吃饭，最好讲口碑，要是弹不好，人家会说道，下次也就没人来弹了，但弹好的话，就要花时间，可以说弹棉花需要半天，用棉盘将弹好的棉花压实需要半天，这样弹出来的棉被使用寿命才长，盖起来也暖和。我问林师傅，现在弹的是新棉，那旧棉呢，工序和这一样吗。林师傅说，旧棉会麻烦一点，弹起来的灰尘也会大点。他指了指放在门帘里面的工具，这个工具被固定在长条凳上，侧面布满了弯钩的尖头，看上去有些瘆人。这个叫"梳头"，需要借用这个工具，把旧棉弄成丝状。用这个东西，得非常小心，不然手被钩到了就会流血。说这话的时候，林师傅很是淡然，仿佛流血对他而言是再习惯不过的事情。那做一床小朋友这样的小被子，要多少钱，我问。做棉被按斤算，新棉一斤 12 元，旧棉一斤 7 元，林师傅说，所以很多人都已经不做这个行当了。

同样，做弹棉花行当的周月虎师傅，也是用一生的时间在弹棉花。周师傅说，他自己 17 岁开始弹，现在已经 70 多岁了。他是我在大岢镇新丰巷偶遇的一个老匠人，初见他时，他在 6 平方米左右的门店里忙着给崭新的棉絮铺棉纱网，朵朵棉絮被他铺好、压实，不一会儿被整整齐齐地网成了四方块。一面网好后，周师傅就将下一面朝上，又理了理边缘的棉絮，从门边拿来牵纱篾，这个竹制的牵纱篾一头绕着红纱。这时候他叫来老伴搭手，两个人对角站着，老伴熟练地接过周师傅用牵纱篾甩来的红纱，有序地铺在棉絮上，重复几次后，棉絮上就出现了纵横交错的图案。周师傅告诉我，因为红色代表喜庆，所以基本上是用红线。要是做新娘的被子，他会用这些红线盘成双喜字样。接下来，再在这一面铺上纱网。周师傅铺纱网时，会用一根小竹竿压住纱网一侧，固定好后，再小心翼翼地沿着小竹竿外侧去剪裁，这样剪出来的纱网也特别规整。之后，他抬来一架机器，在机器上固定好木质大棉盘，大棉盘在机器的带动下，在棉被上来回压，直到将纱和棉压平整为止。周师傅告诉我，以前没这机器的时候，都是用手工去压，这压的功夫就要花上半天时间。周师傅指了指旁边的棉花机，说道，现在弹棉花都用机器了，以前都是用弹弓弹的，背在身上，一弹就是老半天，手工弹的话弹一床棉被要花一天时间。周师傅告诉我，他的弹棉花家当现在都放在老家了。

回忆起以前弹棉花的时光，周师傅有些感慨，他说，弹棉花都是走村入户的，还要挑着弹弓、面盘、红锤等大大小小 10 多样累计 60 余斤重的家当走南闯北，鞋子都不知道走破了多少双。那时候，弹棉花，都是在农户家里头弹的，一弹就是一整天，累得腰都直不起来，最怕的就是一天走了 80 里路，脚筋都走到抽了，却没碰到一户人家需要弹棉花，这时候就意味着这一天，自己和师傅就要饿肚子。周师傅说，现在坚持做这行业也纯粹是糊口需要，年轻人大都不干了。

看着师傅们花白的头发，我发现纯手工的弹棉花手艺就像弹棉老匠人隐匿在这街巷的身影，随着时间的脚步，只能留下深深浅浅的脚印，只怕过些时候，连这脚印也很难再找寻了！

千锤万凿出深山：打石做坎

谈起"打石"，我的耳边就立马会响起"吭吭当当"的刺耳声，眼前会同步呈现出小时候看到的画面：三三两两的打石匠在路边忙前忙后，有的憋红了脸，用尽吃奶的力气在搬一个大石头；有的"嗨吼、嗨吼"喊叫着，仔细一瞧是2个人或4个人正一起发力在抬一个庞大的石头；有的往自己手上吐一口唾沫，抡起大锤子对着钉在石块上的铁錾就是一锤又一锤……那是我生平第一次对"千锤万凿出深山"有了真实的感受。

黄坦培头呈山底自然村，村里有200余人。据当地村民介绍，呈山底原叫郑山底，因这座山原由郑姓人买下，后扎根在山脚底，所以叫郑山底。后来有人嫌郑字繁体字太难写，写成了呈字，这个村就改叫呈山底。由于地处偏远，经济收入有限，20世纪五六十年代，这个村的大部分人都以打石砌墙为生。在文成，砌墙又叫"做坎"，它是一种传统手艺。

钟文村师傅打石

据当地村民回忆，钟文村的父亲钟义庄是村里的第一个砌墙师傅，也是村里砌墙手艺最好的师傅。他 17 岁左右就开始从事砌墙手艺，一直干到 69 岁。在此期间，他培养了村里几十个徒弟（确切的数字钟文村已记不清，听当地村民说，村里大部分男丁都跟他父亲学习打石），为身处大山的村民找到了一条谋生之道。由于手艺好，1958 年，钟义庄师傅还曾被政府征调去参加杭州钱塘江大堤的建设工程，因为所砌石墙平直美观，受到工程指挥部表扬。文成下石庄水口老祠堂边上那道有坡度的墙面也是钟义庄师傅砌的。

　　钟义庄育有 4 子，有 2 个儿子就跟随他学这门手艺。儿子钟文村 16 岁就开始跟随父亲打石，没想到一干就是 51 年。由于长期从事繁重的体力劳动，67 岁钟文村已经搬不动那些大石头了，选择了在家休息。他告诉我，最让他悲痛的是自己哥哥的意外离去。那时，19 岁的哥哥与他一起陪同父亲外出在大坝工地上打石，突然身后巨石滚落，砸中了石头下方的哥哥的心脏，人当场就没了。哥哥的走让全家人都很悲伤，但生活还得继续，老父亲压制着悲伤继续打石，钟文村自己也继续跟着父亲学习这门手艺，可这门手艺实在太苦太累，他的父亲

钟义庄徒弟砌墙作品

69 岁就去世了。回想起父亲的一生，钟师傅感慨道，老人家一辈子都在和石头打交道，真的是干到不能干为止。

俗话说"打石又打铁，一天是天二"，说的就是打石这种职业非常辛苦。在以前，打石砌墙完全就是靠两双手，打石并不是像我们想象中的随便敲击，而是需要一定的技巧、耐心和毅力。要想把大石头劈开，师傅需要一手拿着小锤子，一手拿住小钢钎，钢钎需要垂直于石面上，然后掌握好力度和角度，通过一锤一锤敲打，直到凿出一个可以竖立住铁錾的孔洞为止。可这样的孔洞要打多少？这需要根据作业面的大小决定，大的石头孔洞的间距就要密一点，需 3 厘米左右的间距敲打一个；小的话间距可以大点，估摸 4 厘米左右的间距敲打一个，敲打孔洞只是第一步。第二步是将铁錾放在孔洞上，将长柄的铁质锤子甩起来连续敲打铁錾，铁錾渐渐进到石头里，石头缝隙随着敲打越来越大，敲完第一个铁錾，再敲下一个，直到劈开大石头为止。第三步，利用小锤子和小钢钎敲掉多余的毛石。石头的形状根据工匠的需要，敲成方形或者条形，如果需要精细的石板，那么还得借助小锤子和小钢钎，将平面纹理凿平。第四步，将修整好的石块涂抹上水泥进行堆砌，有经验的砌石匠不需要凭借墨线拉直的水平线，通过目测就可以将墙面砌得很平整。钟文村师傅家里的石墙就是他自己砌的，排序整齐的石块显得粗犷沧桑，展现了砌石匠沉稳、硬朗的生活态度。白天干完活，晚上师傅回到家还得把白天打钝的钢钎或者铁錾放在风炉里烧红，再放到铁砧板上用铁锤敲尖锐了，为第二天干活做好准备。

钟文村师傅回忆，干打石这一行业，必须不怕吃苦，夏天要受得

钟文村师傅的打石做坎作品

住酷暑，冬天要耐得住严寒。以前打石，基本上是离家的多，在家的少，有时候在外地一待可能就一年半载。在打石的过程中受伤是难免的，不是在搬石头过程中指头被石头夹住了，就是在锤子敲击石块时手臂、腿、脸部被飞溅出来的碎石打中了。钟文村师傅说，他父亲那一代，医疗条件都是有限的，受伤了怎么办呢？就是抓一把山中的草药，往嘴里一嚼，再吐出来，敷在伤口上，等到不出血了接着干活。现在条件好了，可以用创可贴止血。钟师傅说这些的时候非常轻松，仿佛受伤对他而言是很寻常的事，可是坐在一旁的我，心里却一阵紧张感，那十指连心的痛，想想都让我揪心。钟师傅伸出拇指，我看到上面有一道很深的疤痕。他告诉我，那是他敲打石头时，不小心被锤子砸伤的。这一处还是小伤，由于长年累月用双手搬运石头，老人家的两只胳膊再也伸不直了，此刻就像两棵弯曲的枯瘦树枝。

"千锤万凿出深山"。虽然打石职业很辛苦，但钟文村父亲钟义庄，用打石的这一双手，给村里人找到了出路，培养了打石领域的很多能工巧匠，而钟文村接过父亲手中的棒子，用打石的这一双手，养大了3个孩子，目前，有一个孩子在温州就业，两个孩子在国外发展。他们用自己的双手，用同样的方式，带领大家走出了深山，过上了好生活。

一手锤子，一手铁錾，"吭吭当当"，那是不断回荡在打石师傅耳边的伴奏，突然觉得打石声不再那么刺耳，而变得非常清脆，此刻的我，对老一辈人的打石精神充满深深的敬意！

一把锤子一片锡：打锡壶

　　一日，和朋友聊天，她告诉我，其父亲曾是一位打锡器的匠人，她出嫁时的一对锡壶就是父亲打的。朋友还特意通过微信传给我他父亲打的锡壶照片，我惊叹于他的手艺：锡壶造型美观，工艺精湛，古色古香。看到眼前的锡器制品，我想起了外婆家中的锡壶，过年的时候，外婆还拿着盛有农家红酒的锡壶放在锅中用热水温酒，我顿时升起想立马走访这位朋友父亲的念头，于是就和朋友约了碰面的具体时间。

　　在文成人的婚礼中，女儿出嫁，嫁妆里除了棉被、红皮箱子、红桶、脸盆，锡器也是必不可少的陪嫁物品。以前在文成的农家喜宴上，经常会看到一种叫作锡汤壶的酒器，一次可装 30 斤左右的酒，相帮人会把锡汤壶里的酒先放在锅里预热，等吃酒的人差不多到齐了，就会提着锡汤壶给各桌锡壶里倒酒，场面很是热闹。

　　朋友的父亲叫朱建华，按辈分我称他叔叔。因为是朋友的父亲，所以聊起天来特别自然，加上朱叔叔很和善，对我提出的疑问都给予一一解答。朱叔叔告诉我，他出生于 1963 年，高中毕业后就开始正式跟随其父亲打锡器。其实他很小的时候就已经学会打锡器，因为每个学期的暑假或寒假，他都会跟随父亲到文成各地招揽生意，看多了，加上自己勤于动手，十五六岁就学会了。回想起当年，朱叔叔充满感慨："20 世纪八九十年代，哪怕是我父亲所处的五六十年代，打锡都是很热门的行业，家家户户都需要锡壶，当时珊溪和黄坦遍地都是打锡的手艺人。"他依稀记得，在 80 年代一个锡壶的价格是 13 元，一个打锡师傅一天的工钱是 4 元，当时做篾人一天的工资才 1 元，水泥工也才 3 元。因为回报高，竞争也异常激烈。朱叔叔说，自己打锡壶的生意基本是由朋友介绍，然后一传十，十传百。很多即将结婚和未婚的女青年会提前约好师傅给自己打好一对锡壶。所以在朱师傅的记忆中，自己很少和其他师傅一样挑着扁担，装着行头，走街串巷去喊着："打锡壶喽，打锡壶喽。"

基本上是谁家要打锡壶就会提前约他，然后他带上风箱、小炉子、锡料等，上门给主家制作，从上午 7 点做到 11 点多，然后在主家吃完饭，接着从下午 1 点干到 5 点。主家对打锡的师傅都非常热情，20 世纪 80 年代，在物质并不富裕的年代，基本上主餐每顿都有鸡蛋和酒水提供，有时候一餐就有 4 个鸡蛋。我非常惊讶地问道："这是为什么，打锡壶的农家都这么有钱吗？"朱师傅笑着回答："当然不是了，因为人家都觉得打锡器的是大师傅，很尊重你，而且叫你过去打锡壶，基本都是女儿要出嫁的，这是好事。有时候主家除了给你工钱，还会包一个小红包，一个红包就有 12 元，不过，具体多少，也要看主家的意思。"

朱建华师傅打给女儿的锡壶

我问叔叔:"那打一对锡壶需要多久时间?""1天半,现在打不动了,需要2天时间。2018年帮两个女儿各打了一对,还是妻子催着打的,她说总要给自己的孩子留下点东西。"朱叔叔还跟我说了锡壶的制作流程,需要经历化锡、制板、剪板、塑形、焊接等多道烦琐工序。那会,也就是在20世纪80年代,锡这些材料要到县城的物资局去买,材料准备好之后,把锡条放进一口小铁锅里加热融化,待锡条成水状后,迅速倒入压板内,将其压成板状,接着根据锡壶的形状裁剪成若干部分,然后在石头上敲打塑形,根据形状,再去除毛边,接着用烫铬把各个部位拼接起来。做出壶的雏形之后,反复打磨,安装壶嘴，还需继续打磨，确保看不出拼接的任何缝隙。朱师傅说："你看到的一个成品锡壶，其实中间不知道经过了多少次捶打和打磨，打锡壶的过程也锻炼一个人的耐力。"

一件精美的锡壶，凝结了手艺人的诸多汗水。朱师傅做出的锡壶光滑平整，精致透亮。如今，随着瓶装酒、红酒等产品以及不锈钢制品的出现，锡制品退出了人们的日常生活，打锡行业逐渐被淘汰，已从事打锡制品30余年的朱叔叔不得不于2001年转行开起了小货车。锡器曾有的"光辉历史"，也面临后继无人的窘境。

朱建华师傅打给女儿的锡壶

一梭一穿温暖过往：织带

　　手工织带是文成传统的民间手艺，曾是女子必学的"女红"之一，也是女子心灵手巧的体现。"女红，也称为女事，旧时指女子所做的针线、纺织、刺绣、缝纫等工作和这些工作的成品。"在以前，要是一个女孩子不会织带、织布、制作布鞋等手艺，那么这个女人就会被视为"笨女人"。

　　织带手艺人钟月美告诉我，她从小就被告知要学好织带手艺，所以放学回家，一有空，她就会帮助奶奶编织带，渐渐地，在耳濡目染下，也就很快学会了织带手艺。同样擅长编织带的雷美秀大妈回忆，她是12岁开始学做织带的，白天父母都去山上干活了，她就跟着奶奶学做织带，至今她还记得奶奶唱的那首编织带的畲歌：

　　一行带子是娘干，又织郎名织郎姓；又织明月照天下，又织表哥结同年。

　　二行带子是娘的，又织郎名织郎姓；又织明月照天下，又织表哥结同对。

　　三行带子织担正，内织郎名织郎姓；圣条带子来下定，别去花园你莫行。

这首歌的大意是女方已经把织带编好送给哥哥了，哥哥收下后，不要再去和别人相好了。甜甜的歌词，悠悠的曲调，好似那冬日红糖水甜甜的味道。

在文成，女方嫁到男方家，就要带好几十根织带过来，织带多也是嫁妆厚的一种体现。20 世纪五六十年代，农村举办婚宴，对过来的相帮人，每人都要分发一条织带和围腰布，寓意吉祥的同时，也是一种表达谢意的方式。拦腰上的带子也是用织带缝制的。据《文成县志》记载：围腰布，俗叫"拦腰"。将青白两色棉纱，用绢机织成格子纹粗布，取长 42 厘米宽 65 厘米的一条，镶上宽 2.2 厘米长 210 厘米的拦腰带。农村男女劳动时，束腰护身，防污擦汗。这也是女儿出嫁必备之嫁妆，少要数十，多至上百。婚后三日，新娘需将拦腰分给相帮人及诸亲友。平时也常有把拦腰与毛巾各一条作为送人情的礼物。农村至今仍有这一习俗。

织带除了当腰带用，还用于畲族的民族服饰的花边装饰，在各种图文织带的映衬下，衣服看上去也更加精美。编织织带的工具是一个1 米左右长的木质工具，用来支撑织带，织之前要确定好织带的宽度和纹样。首先是将丝线一圈圈地绕在织带机架子上，并将架子上的线分成上下两层，固定在织带机上，将整理好的经线挽在一个竹筒上。最前端的竹筷子起调解松紧的作用，要是下半部分织带编织长了，就通过这个竹筷子，把没有织好的线，从上往下移动，织好的线就会呈现在织带机的底部。一条织带有用到 16 根线、19 根线，甚至是 50 多根线的，线越多，编织难度就越大。通过梭子将上下线分隔开来，再

钟月美师傅编织带

通过提"综"（类似一个结）的方式进行挑花，其作用是将整个经纱中的偶数根（经纱）提起，原先织带的分绞棒（一个竹筒）将经纱分为两层：上层为奇数根经纱层，下层为偶数根经纱层。而"综"的提升，则起到换层的效果：上层为偶数根经纱层，下层为奇数根经纱层。一步纬线，一步经线，每织一次，都要用梭子压紧。简单的织带只需一天时间就可以完成，复杂点的要好几周才能完成。编织织带需要极大的耐心。钟师傅告诉我，最复杂的就是有娃娃图案的织带编织，如果将上下线织错一步就要重来。她现在一有空就到本地的民族小学去教孩子们编织织带手艺。她说，编织带是个传统手艺，现在简单的编

提"综"

织孩子们都会，但稍微复杂一点就不知所措了，如何传承成了一个难题。

雷美秀家中有五六十条织带，织带有宽有窄，有长有短，图案构思新颖，宽的有五六厘米，窄的1厘米；长到2米有余，短到1米左右。眼前每条织带的花纹都织入了她的寄托和期望，织带内容丰富、花样繁多。有希望家庭和睦的"百年好合 五世其昌 福禄寿喜"字样的；有庆祝北京奥运会盛大开幕的，上面还织着开幕式的具体时间"二〇〇八年八月八日晚八时"；有"弘扬中华民族优秀传统文化"字样的。2021年，在建党100周年之际，为了表达喜悦，雷美秀还特意花了2天时间，织了一条蓝红橘白颜色相间的织带，上面织着"庆祝中国共产党成立 100 周年 1921—2021 年"。一针一线都浓缩了雷美秀老人对传统手艺的浓浓心意，让自身情感尽情地在织带上展现。

现在随着穿衣风格的改变和织带机械的普及，手工织带编织呈现老龄化，并渐渐淡出人们的视野，往日编织织带的热闹场景早已远去。可无论外面的世界如何喧哗，雷美秀和钟月美似乎只关注于自己手中的织带，一根织带定格了一段时光，在梭子的穿梭中，流泻下了过往的美好！

雷美秀家中的织带

榫卯之间见真功：传统古民居营造技艺

　　沿着鹅卵石路，我们拾级而上，游走于一座座古民居。坐东朝西的宅院、古朴的门台、透光的天井、宽大的门厅和正厅、制作精良的大木件……这是我对南田传统古民居的最深印象。我惊叹于"四面屋"考究的工艺，每一个结构的结合不用一枚钉子，而是巧妙地运用榫卯实现节点的强化，斗拱榫卯之间，让我深深地领略这种传统古民居营造技艺的精魂，感受到他们焕发的古朴而美好的光芒。

　　在文成，林立着大大小小的古民居，尤以明清古民居为最，在南田、西坑片现存的民居中，典型的有谢林大宅院等。这种古民居的营造技艺始于唐宋，至清代，南田民居营造技艺已经形成完整的体系。它以北方流入的《营造法式》为基础，融合了南方穿斗体系的做法。现在南田一带的寺院还遗留有大量的唐宋石构件。

　　2011年底，南田民居营造技艺就被列入浙江省第四批非物质文化遗产名录。在文成西坑敖里有一位技艺超群的周光正师傅，他是浙江

省南田民居营造技艺传承人。周师傅生于敖里，敖里是一个文化底蕴
深厚的村庄，曾有明清大宅院 19 座，现如今还保留着 13 个大宅门台。

我第一次见到周师傅就是在敖里，当时只见祠堂前开阔的地上堆
满了大大小小的木材，木头都被刨去了树皮，光溜溜的，很是细腻，
一根根有序地叠放着。我的脚踩着软软的细碎木屑，手碰触到的地方
都散发着木材的清香，整个空气中都弥漫着自然的气息。那时候周师
傅正在忙，所以没有对他的手艺进行深入的了解。到第二次见周师傅，
中间已经隔了六七年的光阴，为了深入了解传统民居营造手艺，我特
意提前打了一个电话，问了他工作的具体地点。弯弯绕绕，一路颠
簸，经过 40 多分钟的车程，我和先生终于找到了师傅所说的南坑垟村。
此刻，师傅正在忙着翻修一个大宗祠，祠堂前堆满了大大小小的木料，
地上到处都是散落的木屑。看着眼前的大型建筑，我很难想象这是个
头只有 1.5 米左右的周师傅修建的。周师傅虽已 78 岁了，但依然步伐
矫健、身体硬朗。

周师傅盖房子不用设计，只需在地上或纸上画一个草图，粗略地
计算所需的材料和空间距离。在现场，我发现每一根木料上都标有名
称，如西二中柱、西二前柱、西二后柱等。周师傅告诉我，这些标记
就是为了便于木柱与木梁通过榫卯节点连接而成木构架，也便于换柱。
换柱是把上面的瓦片、椽子取掉，再经四方木顶住，去掉一方木，可
以抽出原柱子，把做好的新柱子装上，再装上原抽出的木。

我看着建筑物内大大小小的柱子，背对着大门指着左手边的柱子
问："师傅，这个叫什么柱子？"周师傅见我对这些建筑知识不了解，

就对我说："在古民居营造技艺中，我们称左边为东，右边为西。"为了让我理解透彻，周师傅拿来一个木板，边指了指左手边的一个大柱子，边在半圆形的一块木料上写着："这个叫西一前大步，在这根柱子靠后的叫西一后大步，前面的叫西一前廊。"周师傅在现场这一讲解，顿时让我豁然开朗。"上面水架最高的木叫大今，二架叫少今，三架叫下少今，柱顶的桁条譬如前大步柱顶就叫前大步，前廊的柱顶就叫前廊，前廊翘出的叫子架桁条，大少今木竖直的叫奇桐，桁条是放奇桐顶上的，祠堂佛殿少用奇桐，多用斗拱来代替奇桐。"周师傅继续画图给我解说。我又指了指头顶花瓣状别致的天花板，师傅笑着告诉我："这是幔天，刚刚做上去的。你现在看到的这个建筑里的新柱子和新木板，都是我们这段时间刚刚做起来的。"

周师傅5岁丧父，小时候家境困难，买不起玩具，他就常常自己学做木制玩具，没想到越做越有兴趣，所以想造大房子的愿望就悄悄地种在了他的心里。19岁时，为了生活，母亲让他跟一位名叫吴驹钱的师傅学手艺。周师傅原本就对木工有浓厚的兴趣，一学就会了，在师傅身边经过三年的历练，就自己带班接活了。吴师傅见他人勤快又聪明，就主动做起了媒人，牵起了红线，把自家亲戚的女儿介绍给他。

组建了小家庭后，周师傅更加卖力干活，不但在文成从事建造祠堂、佛殿、桥楼、凉亭、太公桥、本联、牌匾、刻字，修理古代建筑、抽梁换柱、建壁补料等木匠工艺，还将民居的营造技艺做到了泰顺。当我问及周师傅造了多少民居、祠堂、凉亭等建筑时，他思考片刻，点着手指数着："造了西坑村的刘氏宗祠、敖里村的周氏宗祠、周定革

民居营造技艺常用工具

命烈士纪念馆、石垟乡石门村叶氏宗祠、让川村叶氏大宗祠和小宗祠、梧溪村陈十四庙，修理梧溪村文昌阁、南阳赵超构出生地屋、金星启瑞屋……"50余年来，大大小小的建筑，周师傅自己也不知道建造和翻修了多少。

我又好奇地向周师傅询问，建造一个祠堂需要多少时间。周师傅说："这个要看建筑物的大小，比如大的祠堂就需要1000工，一工就是一天，一般一个祠堂会再叫上2个师傅帮忙，这1000工就被3个人分摊，那么这个建筑就需要一年多的时间才能完工。"

周师傅还告诉我，用传统古民居营造技艺建造，最初一步要计算好木料，工厂里买的木料不适合他的建筑尺寸，他需要写好木料的尺寸拿给木料商，木料商再根据纸上的尺寸去山上切割好所需的木材。木材运到后，还要晒料，一般晒个两三天就差不多了，然后将木料锯成木段，下步就可以开工了。先把10—12厘米的木料做成叉马，再把要做柱子的木材放在叉马上，接着将木料头尾锯平削去树皮，之后，用墨斗弹墨，再经奎头住正，就用斧头劈平，然后用木刨刨圆刨白，弹上中墨，拿木用角尺量好长短大小，接着弹墨，用斧头劈平、刨直。接下来是开丈杆，按木大小、屋架高矮，开成丈杆，把丈杆放在刨好的柱子上，用角尺从丈杆上的丈寸传到柱子上，便可以划墨，划成柱孔大小高矮，就用锉来锉柱孔。把柱孔修理平正以后，把柱子放到凳子上，用已做好的两块样板串上建筑线，样板柱头柱钉各一枚按好对准中墨，就开始取样，一个人量柱孔的尺寸用口叫出来，另一个人将叫出的尺寸写在样簿上，写的那个人也要边写边把尺寸唱出来，比如，量尺寸的人唱道："三寸三啊——"写的人也会唱道："三寸三啊——"对方就会及时核实数据是否一致，如果写的人回应："三寸四啊——"那么记录人就写"错"了，量尺寸的人可以给予及时提醒，这样才能保证建筑之间接榫的密合度。然后，将样簿上尺寸的数字用墨划到木行上，按划上的墨做木枸，再经过木行刨平刨白刨细就可以。再做好大今、少今、下少今、前大步、子架桁条等。

周师傅说，做柱的材料以粗大年老的树木为主，柱是圆形的，中堂3间用粗大年老的树作抬梁，抬梁是方圆形的大间架，抬梁上做有大斗、四喜柱、前廊柱，柱头做有柱头斗，前廊有挂头，抽梁、昌眉都有雕刻龙凤花样，上有斗拱、宜支、花兰、花叶、吊桐，中堂挂有牌匾、木联等。两边边间是回廊，结连横轩、前坦、戏台组成四合大院。佛殿一般三间五间不一，双檐翘角，圆柱，扁方圆形木，内有斗、栱、花都、宜支、花叶，上有天花板、幔天、雕画等。周师傅造的建筑外观美观大气、古意盎然，榫卯的细节精巧完美、无缝融合，给人无限遐想，仿佛跨时空而来。

一年 365 天，周师傅除了临近过年的时间休息外，其余时间都在外面干活。"从事这门手艺，是比较辛苦的，天刚亮就要起床干活，一直干到天黑。"周师傅伸出经过岁月锤炼已然粗糙的右手，我震惊了，只见食指的指甲盖深深凹陷了进去，变成了黑色。"这个手指都被锤子敲了 3 次，只知道每次敲坏了，指甲盖掉了，长出来了，又被敲坏了。"周师傅说这话的时候，显得很轻松，可我这个听的人却一阵揪心，好像那个锤子敲到了自己手指上，不禁感叹道，十指连心啊，这得有多疼！

从事这门手艺，除了肯吃苦外，还要有很好的悟性和记忆力。古民居的营造技艺基本上是靠口口相传，没有书面传承材料。周师傅说，自己做学徒期间，靠的就是多看，有些时候，自己师傅做的建筑未必都是好的，你还要看其他师傅怎么做，或是琢磨其他古建筑的建造样式，其实学这个手艺，靠的是自己的悟性和理解力。

如今，周师傅凭着手艺培养出了一儿两女，令周师傅更自豪的是他的小儿子。这个小儿子像是自己的影子一样，从小就对木工感兴趣，

周光正师傅修建祠堂

原本想让初中刚毕业年满 16 岁的小儿子跟着自己干活苦两个月再回学校上高中，没想到儿子赖着不走了，从此就跟着自己学起了木匠手艺。现在，虽然儿子已经自立门户了，但父子俩还是经常一起做工。今年儿子已经 46 岁了，掐指一算，做木工也有 30 年了。周师傅满脸堆笑地说，如今儿子的手艺不输自己！

　　一座座古民居代表着历史的记忆，代表着一份乡愁。周师傅说，自己也带过不少徒弟，现徒弟大多转行经商了。以前用木质材料造房子的人多，但现在大家更喜欢钢筋水泥造起来的大房子，所以现在的活变少了。在城镇化的大背景下，耗时耗力的古民居技艺渐渐被"淘汰"，随着老一批古民居匠师的退休，这门技艺还能走多远，没有人知道。

撩动凡心的烟火味

- 熬出甜蜜童年味 • 黄坦糖
- 滴滴红酒醉人心 • 农家红酒
- 淡泊之中滋味长 • 苦槠豆腐
- 细长似纱 • 索面
- 甜蜜的回忆 • 古法制糖
- 粉融香雪 • 粉丝
- 光阴的味道 • 拉面
- 一缕清幽茶香 • 制茶
- 曲香浓郁 • 制曲

熬出甜蜜童年味：黄坦糖

　　"糖桶一度乌一度红，担起糖桶，只怕脚不勤来不愁穷。""黄坦糖铁硬，铁硬，一角钱有二三节。"这些是流传在黄坦共宅村的俗语。共宅村，原名龚宅村，据《文成县地名志》载：约500年前龚姓人在此开基，取名龚宅。明万历时吴姓人从垟丼迁此继居，村名沿用。1955年当地群众为了好写易认，改"龚"为"共"，称共宅。《文成县乡土志》又载：龚宅村，先为抗元义军吴成七府基，叫"石鼓楼"，后为龚姓人住，人叫"龚宅"。龚迁泰顺岩上后，其为双垟垟丼吴姓人徙居。吴氏始祖承亮于明万历时由埠丼分居龚宅村，自始祖至"荣"字辈，已传14代。明清时期，黄坦即有人开始制作和销售黄坦糖，至今已有几百年历史，从业者甚多，在民国时期至"文化大革命"前最为鼎盛。据当地人介绍，那时候，共宅村是黄坦糖的主产地，由于百姓以农耕为主，谋生手段单一，生活贫困，在冬季农闲时，几乎村里家家户户都制作黄坦糖用于销售赚取微利维持生计。

　　黄坦糖，其实是一种麦芽糖，以优质糯米和上等麦芽为原料，通过传统工艺萃取其中的淀粉，因制作贩卖这种糖的小贩以黄坦人为主，所以又叫黄坦糖。黄坦糖是文成一种传统怀旧小吃，其黄白的色泽、甘甜的味道已经成了几代人童年的回忆。那"叮叮当当"敲铁皮的叫卖声，"70后""80后"并不陌生，听到那声音意味着有粘牙的黄坦糖吃了……

　　吴克英师傅是传统黄坦糖制作技艺的第四代传承人。黄坦糖制作技艺的传承主要通过家庭内部父子代代相授来进行。2001年，吴师傅务工回家后，正式跟随父亲吴永华学习黄坦糖制作技艺。回忆起小

拉丝

时候的故事，吴师傅有着满满的留恋。每年的农历十月，爷爷和父亲就开始起早贪黑忙着制作黄坦糖，大人们都是很小气的，家里有糖也不会给你吃。见大人们不注意，吴师傅和兄弟姐妹就会偷偷拿着筷子去蘸一下锅里的糖汁，而后，神不知鬼不觉地把筷子扔进水里"消灭证据"。

他们最期待的是糖渣，那是糯米和麦芽被压榨出糖汁后的残渣：第一次的残渣，大人不会给孩子吃，因为里面还有糖分，还要进行压榨；第二次的糖渣才舍得给孩子吃，每一次孩子们都吃得饱饱的。在物质匮乏、只能吃番薯丝果腹的年代，能吃到带有甜味的糖渣是最大的满足。

熬制黄坦糖需要经过发麦芽、浸米、炊饭、发酵、压榨糖水、煮汁煎糖、打糖、存放等8道工序。制作前需准备眼灶、两口2.8尺大糖镬、1.8尺铁锅、木盆（发麦芽用）、浸米桶（可盛200斤）、大爪篱、饭甑、甑屉、方炊中、糖浆桶、糖浆、糖拗冲、糖砧板、绞绳、绞棒、糖袋、石臼、糖墩头、糖绞箸、糖案、糖剪等。发麦芽一定要选择大麦为原料，这样发酵起来的麦芽糖才好吃。每百斤糯米需用大麦7斤，将纯净优质大麦用水洗净，放盆内用水浸泡催芽，暖和的天气需7天，冷天时候约需10天，每天2次冲水，待麦芽长至1寸长，取出晒干，用石臼捣成细粉备用。接着着手蒸煮糯米，煮糯米前先浸米，上午将糯米用水洗净浸透，傍晚用大爪篱捞出放在沥米箩中沥干，当晚将大锅洗净加满水，添材，等待水沸腾，再将装满甑的糯米上灶蒸炊，草木的清香和糯米的饭气在屋内氤氲散开，经过热气蒸煮，米变成灰褐色，这是饭熟的标志。然后将炊熟的糯米倒入糖浆桶，让水汽蒸发，麦芽饭降至 60℃左右时加入麦芽粉，再用糖浆充分搅拌均匀。加麦芽粉时要适量，加太多则糖太脆，加太少则出糖率低。加麦芽粉时饭温也是制糖的关键，饭温太高则糖硬不易拉开，饭温太低糖会变酸。

经过 4—5 小时的发酵，糖水从麦芽饭中慢慢渗出，最后麦芽会变成粥状。将发酵后的麦芽饭加开水拌匀，每百斤糯米加开水 100 斤，装入特制的糖袋，待沥至七成干，把糖袋放在糖拗上，压上糖砧板，放下糖拗冲，套上绞绳，待糖袋中浆液榨干，松开绞绳，翻动糖袋，再用开水淋，然后再榨，如此反复三次，使最后榨下的糖液淡到无糖味即可。将糖液舀到大糖镬里至八分满，大火烧沸后改用小火加温，防止变焦。厨房里烟雾缓缓升起，空气中到处是糯米和麦芽的清香。熬了 4—5 小时后，糖液中水分不断蒸发，米白色的糖汁儿已经浓缩成了金黄色的糖油，慢慢地，颜色由黄变黑，晶莹剔透，俗称"乌糖"。

正确判断和掌握糖的火候及浓度是制糖的又一关键。将糖浆舀起，滴下的糖浆呈"绦状"说明糖已熬至恰到好处，再挖一点糖油放在冷水中，拾起，用手一掰即断开，说明糖已熬老。

三眼灶靠边的一口小锅，水被烧沸，汤气弥漫，从熬好的成糖里挖一块糖油（约 1 斤重），放在手中快速捏成条，再一头套在锅边的糖墩头，另一头用糖绞箸套住慢慢拉长，往复 10 多次，锅里的水汽能使糖保持柔软不变硬，糖油越拉越白，中间形成空洞，体积越来越大。此时，加入芝麻、薄荷油和麻油，再反复拉，然后快速将糖取出，一般由 5 个帮手快速拉成直径约 2 厘米的糖条，再将其放在糖案板上，

剪糖节

剪成一段段 6 厘米长的糖丝，或一粒粒大小约 2 厘米的糖节。这时，糖逐渐变硬，拿一小段放进嘴里，薄荷的凉爽，芝麻的醇香，麦芽和糯米的谷物清香，又松又脆，又甜又有嚼劲。

　　黄坦糖最怕"过风"，就是说害怕湿重气侵入导致软化，严重时粘成一团，所以成品糖要迅速放到密封的糖担桶或铁皮箱内，并放些番薯粉或爆米花，防止变软或粘连，这样可保存 2—3 个月不变质。吴师傅说，正是由于这个原因，黄坦糖的制作时间选择在每年农历的十月到次年正月。这个时候的糖也最好卖，基本半天就卖完了，卖糖的地点会选在演木偶戏或者放电影的地方。

　　说到卖黄坦糖，最让吴师傅难忘的是 17 岁时的故事：那一年他刚初中毕业，父亲和他每人各挑着六七十斤"黄坦糖"，步行 100 多里到景宁去卖。去的时候"负重前行"，回来的时候也不能空手，还要背着一根又粗又长的毛竹回家。在吴师傅心里，这就是父亲给的"糖"，苦难中又掺杂着甜蜜，原来父亲一直把甜味留给别人，把艰辛留给了自己。

　　黄坦糖，走过百年，仍在时光中熬煮，温暖了我们的过往。

滴滴红酒醉人心：农家红酒

我对于家乡红酒的记忆是外婆炒的菜，家里要是煮鸡鸭鹅或者猪蹄这些肉类食物，外婆就会倒一些自家酿的红酒放进锅里，酒和热锅碰撞，锅里油渍跳跃，滋滋作响，满屋子都是浓浓的酒香。酒味渗入肉里，外婆烧的菜肴也更加醇厚劲道、鲜香美味。

节日里，特别是过年的时候，外婆会烧上一大桌好菜，一大家子十几个人就会围坐在一起，一边闲扯着家长里短，一边享受着美味带来的乐趣。女人们则喜欢热一壶红酒，热的时候在红酒里放点红糖或者冰糖，口感甘甜，气味浓郁，一口下去，连鼻腔里冒出的气味都是满满的酒香。甜的味道，加上酒的香醇，让人忍不住"咪"了一口又一口。家人说红糖酒补血暖胃，女人喝了可以美容。

小时候喝红酒时，大人们总是对孩子们很"吝啬"，最多是拿筷子在酒里蘸蘸，再往我们小孩嘴里点点。记忆中，我感觉那时候往嘴里点的酒，真甜、真香啊，真希望自己能快点长大，也能和大人一样

蛋丝酒

尽情地尝尝农家红酒。

　　文成传统农家红酒，指的是利用优质糯米和红曲霉菌发酵而成的红曲酒。红曲酒最先是红色的，1年后变微黄，5年后变琥珀色。

　　传统农家红酒酿制技艺主要分布在福建、浙江、台湾等地。浙江东阳、浦江、天台是浙江红酒的主要产地。在文成全境，均有传统红酒酿制技艺的传承人，其中又以黄坦、双桂两地更善于制曲，故而两地的红曲酒更为纯正。红曲酒深受本地人的喜爱，每到最宜酿酒的季节，文成农村几乎家家户户都会忙着酿制红曲酒。红曲酿酒技术始于宋代，明清时期颇为盛行，民国年间流传更为广泛。

　　在民间，一年有两次时间可以酿酒，一次是清明酒，一次就是十月酒，因为这时候的山泉水最清，酿成的酒可以存放的时间也最长。

红曲酒酿制技术要求高。先是取糯米洗净，挑去杂质，加清水浸泡，当用手捻米米会碎时就可以捞出来控水了，然后放到蒸锅里蒸熟。记忆中，蒸煮糯米的过程总是让我们小孩子很期待，因为蒸锅里蒸出的糯米饭是最好吃的。在村子里，特别是农历十月初十那一天，差不多一条街的人都在蒸糯米，对着刚出锅的糯米，我们迫不及待地抓一把，由于太烫，只能左右手换着掂着揉成团。那一天，左邻右舍的糯米团可以让你吃到撑。蒸好的米要事先过一遍水，目的是让它散开，易于和红曲拌和，有利于发酵。再将熟糯米平放在屋子里的凉席上，用自然风干方式干冷至30℃。红曲也要用凉开水泡过，这样有利于发酵。

将熟糯米平摊冷却

一定要在米温30℃到35℃之间拌曲，过冷不易发酵，过热曲菌会被烫死。酿制红曲酒的顺序是先放水，再放红曲，最后放入蒸熟的糯米，1斤米配1两半的红曲再加1斤8两的水。将水、红曲、熟糯米搅拌均匀，这里必须注意的就是一定要避开每日的涨潮，否则糯米会沸腾溢出。接着拿东西遮住缸口，移至20℃左右的地方。静置1个月后，瓶中的原料已融为一体，颜色也由清红逐渐变成深红。在酵母菌的催化下，糯米的蛋白质转化为氨基酸、维生素等营养，红曲酒初步酿成。要想得到超级醇香的口味，需要再酿上几年。最后用筛网过滤，过滤后得到的红曲酒就可以作料酒或直接饮用。

红曲酒酿制是一个细心活，也是个耐心活，放入的糯米、红曲、水的比例，放置的时间、温度、湿度，都需要一定的技术去掌控。再加上红曲的发酵速度快、不易控制，如果技术不到家，很容易酿酒不成反倒成醋。

民间还有一种红酒叫"双份酒"，是将第一次酿制的红酒从酒缸中抽出，以酒为"水"，再放入红曲和糯米再次发酵，其制作步骤与前面所述步骤一致，用这个方法做出的二次红酒就特别黏稠可口。在婆婆的记忆中，这个酒的味道至今让她难以忘却。

在文成还有一个习俗，就是产妇在坐月子的时候，经常会把红曲酒和鸡蛋、鸡肉、兔肉、索面等一起炖煮，这是因为红酒能够活血化瘀、驱寒祛湿，对产妇的产后恢复起到很大的作用。最让我留恋的是坐月子喝的"蛋丝酒"，就是把鸡蛋打散倒进滚烫的酒水里。甜甜的红酒，香气四溢，一碗下肚，唇齿留香。月子里喝的酒一定要放在锅里蒸过，酒气过了，才不会喝醉，别看农家酒好喝，但后劲可足了。

现在喝"蛋丝酒"已经不再是坐月子的专利，文成一些农家女人注意养生，常常会在"蛋丝酒"里加些红糖，在辛苦劳作一天后，"咪"上一杯，浅酌慢饮，再搭配一碟咸菜、毛豆，小日子别提有多自在惬意。红酒要是配上一盘珊溪螺蛳或者包头鱼，那幸福更妙不可言，仿佛时间定格，寻回了曾经关于青春的甜蜜，留下的是一丝丝沁入心田的舒畅。

"咪"一碗浓醇的农家红酒，独享一份人世的尘缘，岂不悠哉、乐哉？

淡泊之中滋味长：苦槠豆腐

在文成大大小小的村落都零星分布着苦槠树，苦槠树枝繁叶茂，叶常绿，有些树可以达到 10 丈之高，它即使长在很偏僻的山中，仍然能独木成林。一到初冬，村子里的妇女们就会到山上捡拾苦槠子。苦槠子长得有点像板栗，个头却比板栗小好多。小时候，我们常常把苦槠子当珠子玩，却不知道它可以用来做一种叫作苦槠豆腐的美食。

听老一辈人讲，中华人民共和国成立前，人们就是靠吃苦菜、番薯丝、苦槠豆腐充饥。我隔壁家有一个阿姨，她告诉我，苦槠豆腐是她从小吃到大的食物。这位阿姨，村里人都叫她潘梅姨，她留着一头黑白相间的短发，有着粗糙且略显黑色的皮肤，冬日里，常常看见她上身穿着一件花布旧睡衣，嘴角总是咧开的，她对谁都面带微笑。只要天一亮，家里基本找不到她，不用想，村里人都知道她又窝在山里，春天摘棉菜、挖苦菜，夏天采荠菜，秋天摘野果，冬天挖冬笋，她还采了很多我叫不出名字的中草药。有时候大冷天的，遇到水库放水，她就到冰冷的溪水里摸螺蛳。这不，刚入冬，她又要到山上去捡苦槠子了。

人家是两只手去捡，她只能用一只手，因为另一个手掌被切篾条的机器切断过，断肢虽拼接回去了，但成了摆设，不能用。她利用半个月的时间，捡了满满一大桶。放晴的日子，她就将这一桶苦槠子倒到塑料纸上晒。看着地上万千颗苦槠子，我充满了担忧，心想：要把这么多苦槠外壳去掉，这得剥到什么时候。过路的村民也说道："潘梅啊，你这个要剥几天啊？"她听着也只是咧开嘴，露出带着裂缝的大门牙，回以路人微笑。经过几日暴晒，苦槠子的外壳裂开了，露出了里面的果肉。潘梅姨又花了6天6夜的时间去剥外壳、取果肉，就这样，去除外壳后，只剩下半桶的果肉了。为了消除果肉的苦涩味，她给果肉加入了些许清水。算算时日，果肉已经在水里泡了7天，潘梅姨每天都坚持给其换水。

这段时间，她每天都在看天气，今夜有星星，估摸明天会有好天气，这个夜里，她就忙开了，提着水桶到对门的阿公那用打磨机将果肉打磨成浆。看见打磨机，潘梅姨又露出了大门牙说："以前没有打磨机，打磨很费工夫，都要用石磨手工去磨，现在有了这个家伙，真好！"看着打磨机里汩汩流出的浓浆，她笑得更灿烂了，满眼都是笑意。提回家的浓浆还需要加入一定比例的水，之后，开始将浆水倒入锅中煮，煮的时候要不停地搅拌，随着时间一点点流逝，一锅浆水变得越发浓稠，20多分钟后，锅里开始冒泡。潘梅姨熟练地退出柴火，将黏稠的浆水倒入不锈钢盆内，经过一夜冷却，第二天浆水凝结成块。早上5点，

潘梅姨切苦槠豆腐

潘梅姨就起床了，将脸盆形状的苦槠豆腐用菜刀划成块状，并备了一辆板车，将3面番薯帘（一种竹篾编的专门用于晒干菜的帘子）和成块的苦槠豆腐放在板车上，叫了附近的一位阿婆帮忙，一同将板车拉到了飞云江畔。她自己再把其他番薯帘顶到头上，一面面地搬到飞云江畔的栏杆上，然后用那残损的右手机械地托着刀，左手拿着苦槠豆腐，每切一次，她都要用右手将豆腐再一次放在栏杆上，然后把贴在刀外侧的豆腐薄片放在篾席上。如此重复着，重复着，一直切到了中午，3个脸盆的苦槠豆腐才切完铺好。

　　她笑着告诉我："凝固后的苦槠豆腐也很好吃，可是风干后会更好储存，可以卖 50 元一斤。去年就卖了 10 多斤，挣了五六百。"她还告诉我，苦槠豆腐吃了对身体极好，具有清热解毒、利尿的作用。村子里就有一个人专门捡苦槠子吃。苦槠子放进嘴里，一开始是苦的，但苦后回甘，吃后嘴巴非常舒服。

　　潘梅姨是一个热心的人，每次有好吃的，都要往我婆婆家里送。一团水煮后的苦菜、一瓜瓢的茉莉雪花、一碗螺蛳……看着这些东西，我们都吃不下，按村子里的老话说"心悲很重"。公公是木匠，见她只有一只手能工作，就把不用的木材赠予她烧火煮饭。我心疼潘梅姨，有时候会买些蛋糕啊、水果、水饺给她，可她都舍不得吃，后来才知道，

苦槠豆腐

她给了小外孙。这让我越发地心酸。

听家人说，潘梅姨很早就没了父母，小时候是跟着哥哥长大的，后来哥哥、姐姐去打工了，把她留给了姑姑。潘梅姨回忆，那时候她总是吃不饱，总之，日子很苦很苦。到了 18 岁，通过媒人的介绍，她嫁给了比自己大 10 多岁的做篾男人。不久后，就有了二女一男，为了贴补家用，她就开始养猪养羊。家里一年到头就买一两回肉，基本上吃自己种的菜，有时候也吃山上挖的苦菜，还有自己做的苦槠豆腐、咸菜。后来孩子们也习惯了吃素菜的生活，直到现在都不大喜欢吃肉。我心想，怎么会不喜欢吃肉呢，也许孩子们都很心疼自己的母亲。为了供孩子上学，潘梅姨就去了坦歧村的一家麻将凉席厂里帮忙切竹片，可没想飞来横祸，因操作失误把自己的右手给切了，看着血淋淋的场面，她自己当时也蒙住了，在工友的帮助下，拿着断了的手掌，赶到了温州的医院，手是被接回去了，可每到冬日里因为血脉不活络，疼得厉害，碰都碰不得。因为这个事情，她被丈夫埋怨许久。加上厂里老板又不愿意掏钱给她治疗，为要医疗费，他们前前后后跑了好几趟村委会，好不容易在村干部的调解下，要到了 3 万元赔偿费。家里因为她的右手，累计花去了 4 万多元，这让潘梅姨有苦说不出。

靠着一只手，她继续为家里种菜，养猪养羊。刚开始失去一只手，还真让她有点不习惯，自己的衣服就只能随便刷几下，头发也是随便洗几下，日子也就这么慢慢过去了。一日，她发现丈夫回来咳嗽得厉害，一问他，说是吃梨子的时候，不小心呛到了。陆陆续续地，丈夫咳嗽了好几年，带去医院看，得到的结果也是没问题，可回家没多久，丈夫突然就失声了，再也说不了话。那一年，潘梅姨49岁。潘梅姨心里的苦楚说不完。

可日子还得照样过，3个孩子还没长大成人。村干部在得知潘梅姨发生的种种不幸后，给她申请了低保。她硬靠着低保金和自己的勤快，把孩子养大了。潘梅姨说，孩子们也算"赖以"，意思说是好养。她笑笑说，只要咳嗽、生病，泡点山上采的草药，吃了就好了。她还说，孩子们和她一样，最喜欢吃的就是苦槠豆腐煮咸菜，加点油盐，再撒上点葱花就更好吃。

那一日，我回家后，也让家里人煮了一份苦槠豆腐，放进嘴里，舌尖感受的是苦涩的味道，可过后是甜的。也许，这就是潘梅姨喜欢的味道，生活有点苦，但不低头，往前走，总能尝到甜头，也许就是人们口中常说的，淡薄之中滋味长。

细长似纱：索面

　　"一方水土养一方人，一方山水有一方风情"。在阳光正好的时候，在微风轻拂的时候，如果你恰巧路经青色绵延的珊溪飞云江畔，就会看到一挂一挂索面如一川倾泻而下的银瀑，应和着阳光慷慨的抚慰，构成了一幅美好和谐的风景图。

　　在我的记忆中，索面常常是外婆招待家中贵客的佳肴之一，煮的方式也较简便，往往是将一绞面放进沸水中煮个两三分钟，去掉咸味，然后捞起放入事先准备好的蛋汤或肉汤中，这碗面就算做成了。如果在索面里再加点用红糖烹煮的自酿红酒，那香味是不可抵挡的。夹一筷索面放入口中，柔顺细腻、韧糯滑爽、清淡鲜美，妙不可言。索面也是婚嫁的必备点心，要是女儿们出嫁了，妈妈们就会给女婿和女儿准备一碗索面，面上放置两个荷包蛋，夫妻二人同吃这一碗面，寓意今后夫妻爱情长长久久，生活和和美美，这面中多少也寄寓了母亲对女儿的感情。索面也是老人寿宴上的必备主食，由于索面细而长，在

晾晒

地方上又叫长寿面，要是老人的寿龄达到 90 多岁，村里凡是沾亲的都会来贺喜。宴会上，大伙儿会迫不及待地盛上一小碗索面，给自己或家中孩子吃，顺带也沾沾长寿老人的福气。索面还是当地妇女坐月子的最佳食品之一。现在，索面已经成为当地人的日常饮食品种之一，因为易消化，又有营养，老少咸宜。

据传，文成索面自 19 世纪 70 年代即开始生产，也有的说已有300 余年历史，主要流传于龙川、大峃、珊溪等乡镇。文成各地对索面的叫法也不一，根据形态有两个名字：一是因其色白、细长而韧，产品似成绞的线索，就叫索面；另一个是因色白如棉，细长似纱，称纱面。因烹煮方便，仅需少许食油、料酒、葱花调味即成美食，又有人称为素面。还有根据制作方式叫的，因为是手工制作，生产工艺中揉搓面坯是一个关键环节，而在文成方言中，搓音索。无论叫法怎样，但文成索面的制作工序大致相同，需要经历和面、发面、揉坯、盘面、拉面、晾晒、收贮 7 道工序。

珊溪的朱应前师傅制作索面已经 20 余年，他的父亲，父亲的父亲……连他这一代，7 代人都是以制作索面谋生的。以前做索面用的麦粉都是用做好的索面去换麦子，再将麦子磨成粉而得到的。他告诉我，制作索面是个很辛苦的过程，靠的就是手上功夫和常年的经验累积。他一般要凌晨 3 点起来和面，和面就是将面粉、盐、水根据比例调和好，盐投放多少根据季节确定，冬天盐会放少点，如 1 斤面粉 0.7两的盐就够了，夏天潮湿，盐就要放多点，差不多 1 斤面粉要放 1 两盐，盐的多少将直接决定面条的柔韧度。将白面加入盐水，反复揉压增加弹性，经过 1 个小时，100 多斤面粉就揉好了。和面后停放 1 个小时，

盘成"8"字形状

进行第一次发酵。下步就是揉坯了，在案板上撒上米粉，将发好的面团分两次在案板上用面杖压成面饼，用刀从外向内呈螺旋状切开，再用双手在案板上搓成直径约 2 厘米的圆条，螺旋状一层层盘到大的面盆内。停放约 1 个小时，进行第二次发酵，接着搓揉成笔管样粗细，螺旋状一层层盘到另一个大面盆内，再停放 1 个小时，进行第三次发酵。接下来就是盘面，盘面也叫上架，就是将两根面竹插在小面架上端小孔中，间距约 15 厘米，将面盆内发好的面按"8"字状一圈圈地绕到面竹上，面竹绕满后扯断。朱师傅的盘面功夫可以说是又快又准，力度刚刚好，两根面竹 1 分钟就绕好了。接下来将绕好的面竹一上一下放到小面柜内，盖上面席停放 1 小时，进行第四次发酵。之后均匀地用力，将面轻轻拉长，转放到大面柜中，盖好面席再停放 1 小时，进行第五次发酵。第六道工序就是晾晒，朱师傅的晒场就在家门口。他告诉我，天气好的话，晾晒 1 个小时就可以收面。所谓晾晒就是将一条面竹插到面挂上，双手握住另一条面竹两端，向下缓缓有力度地抻面，让面变得又细又长，再将面竹插到面挂对应的下方小孔中，临近的面竹间距是 2 个孔的直径之和，然后用长长的面筷将面筋从上至下轻轻分开，使其不粘连。等到面稍干，再将面抻长，插到斜下方孔中，过了一会，待面稍干，接着将面抻长插到距离原先孔五六个孔的间距的位置，面差不多干了，最后将下端面竹插到面架上方相邻孔中，使面呈 U 形下垂。抻面力度很重要，太重了，面会断，太轻了，面拉不长，力度适中，细如棉纱的索面才能成型。最后一道程序就是收面了，朱师傅说，这是他最开心的时刻，一天的成果就看这一刻了。收面就是

索面指甲

用手将面摘下盘成"8"字形状，一绞一绞有顺序地放置在铺好塑料薄膜的面筐内，每绞约重3两半。面竹上粘住的面条用特制的面甲戳剥离，叫索面指甲，其烧法也和索面一样，是当地人给幼儿吃的首选辅食，家中孩子要是未长乳牙，老人们就会煮这个给小孩子吃，容易消化。

由于手工制作，味道纯正，朱师傅家的索面基本上是要预订的，一些客户一次性就要100多斤。现如今，文成索面已经是逢年过节亲友互访的必备礼品。

是的，也许在众多的面食中，你尝过酱汁香浓的武汉热干面，中间厚两边薄的山西刀削面，牛肉烂软的兰州牛肉面，何不尝尝细腻鲜甜的文成索面，那将是另一种"回味无穷"！

甜蜜的回忆：古法制糖

"坦歧人砍糖蔗，头扎心头骨里；

坦歧人绞糖蔗，嘴翘鸡骨臀丫。"（方言）

坦歧人对这首民谣并不陌生，几乎家家户户都会唱，尤其是50岁以上的中老年人，说唱起来更是有模有样，糖蔗的"甜蜜回忆"似乎至今都让他们难以忘怀！老人们口中所说的糖蔗是甘蔗的一个品种，其块头比普通甘蔗小，但含糖量却比其高。

老人们说，以前的坦歧房屋极少，所见之处是一片沙地，沙地所到之处是一片糖蔗。那时候，由于糖蔗种在沙地上，水分充足、阳光充裕，坦歧种出来的糖蔗也就特别高，特别甜。每年冬至是收割糖蔗的季节，因为种的面积广，几户人家会合作一起去收割糖蔗，时常有嘴馋的就会到田间地头特意跟蔗农们套近乎，讨要糖蔗，讨要的人多了，蔗农就不乐意了，干脆就低下头，当作听不见，"坦歧人砍糖蔗，头扎心头骨里"的民谣说的就是这个场景。

　　蔗农们将细长的糖蔗去除蔗叶，扎成捆，用板车运至糖厂，这些糖蔗就是制作糖板的原料。中华人民共和国成立前，糖厂都是有条件的农户一起出牛搭伙运营的，因为没有牛出力，制作糖板是完成不了的，而一个糖厂至少需要6—8头牛。

　　糖厂分"外绞"（方言）和"内绞"（方言）。"外绞"设在露天，主要任务是提取甘蔗汁；"内绞"由几个简易竹棚搭建，主要任务是熬制糖板。"外绞"放有一对"糖绞"（方言），类似一种圆柱形石磨，直径约1米，高约90厘米，中间有一大孔，周围凿有凹凸不平的小孔。在"糖绞"上方圆孔插入两根木桩，两根木桩间放一根横木，然后让两头牛推拉着横木转动，接着往"糖绞"里不断放入糖蔗，并排的"糖

将糖浆用木桨摊平

绞"转动时，这些凹凸的小孔就会吻合，甘蔗汁也就被榨出来了，原理就类似于磨豆腐。"糖绞"下方还设有石槽，用来盛放甘蔗汁，甘蔗汁再顺着竹制的导管被引流到"内绞"已经摆放好的木制大水桶内。由于"糖绞"沉重，加上牛的推力有限，所以每榨好一桶甘蔗汁，就会换另外一对牛来轮班。

据老人们回忆，一个大木桶直径约 30 厘米，高约 80 厘米。4 口大锅并排放着，锅的大小相当于一张直径约 1 米的圆木桌，3 桶糖蔗水就可以装满 4 口大锅。"外绞"赶牛拉"糖绞"一般会让两个七八岁的孩童来帮忙，"内绞"就要请懂手艺的师傅，算上那两个孩童，前前后后差不多需要 6 个人手：添柴一位，舀糖水一位，煎蔗糖水一位，打糖板一位，往往 6 个人一忙就是一天一夜。煎煮糖蔗汁就好似煮稀饭，糖蔗汁会随着温度的升高不断沸腾冒泡，水分也会慢慢蒸发。待锅里的汁由青色变成浓稠的深红色时，师傅就会将 4 锅的糖蔗汁整合成一锅，然后不停搅拌，防止粘锅。火候的掌握和锅里糖蔗汁煎煮的老嫩程度对糖板的制作至关重要：要是起糖早了，糖就难以凝固；起糖迟了，糖就会粘锅，做出来的糖就会苦。

老人们说，糖蔗汁变成油状时就是"糖来"（方言），那是最好吃的，"糖来"按普通话的说法就是糖浆。"糖来"形成了，一些街坊邻居就会拿着拗下的一段糖蔗赶来，让师傅们准许他们用糖蔗在锅里绕一圈，沾上一圈浓稠的"糖来"，舔上一口，充溢着甘蔗糖汁浓甜的味道顿时在嘴里化开，那甜蜜的味道是无法言说的。回忆起这场景，老人们吧嗒着嘴，似乎那"糖来"的浓甜还在嘴边。你蹭了师傅好不容易熬制出来的"糖来"，这"糖来"的主人就不乐意了，还不嘟囔着嘴？毕竟以前生活并不丰裕，所以就有了民谣里唱的"坦歧人绞糖蔗，嘴翘鸡骨臀丫"的场景。之后，师傅将起沙后的糖浆倒至用竹篾编成的器具内盛放，这个器具当地人叫"糖老"（方言），直径约 2 米。接着用木桨摊平，使其厚度均匀。待糖浆即将干时，用特制的且一头特别锋利的竹竿将一整块糖蔗板横纵各划数下。待划好后不一会儿，糖浆就凝结成了带着田间糖蔗气息的可口的糖板。最后，师傅们会在"糖老"下放一根竹板，只要轻轻一按，原先被竹子划过的糖板就变成了形状、大小差不多一致的小方形糖块。整个糖板的制作大致需要经历采收糖

退出历史舞台的坦歧"糖绞"

蔗、提取糖蔗汁、熬煮、风干、成型、分割等多道工序。

明朝宋应星《天工开物》就有轧蔗取浆、用古法熬制红糖的记载，其做法与坦歧村民口述熬制糖板的做法大致相同。甘蔗制糖的历史也许可以追溯至更早。据季羡林考证，《楚辞》已经有"柘浆"（古时"柘"通"蔗"）的说法，从后汉时期起，"西极石蜜"或"西国石蜜"已经传入中国。大约到了六朝时期，中国开始利用蔗浆制糖，在过去，蔗浆是只供饮用的。所以说我们喝的蔗汁，可是古人的特制饮料。

由于糖蔗熬制的糖板具有暖性，所以在当时，坦歧制作的糖板很受欢迎，常常是坐月子女人的必备食品，被称为月子里的"阿胶"，小孩们更是把它当作"糖"来吃，孩子们吃了也特别开胃。

古法制珊溪糖板的开始时间老人们已经记不清，只知道，从坦歧祖先开基的时候这种手艺就已经世代相传了，村里还流传着这样一个传说：坦歧村大姓黄家原本是在五十五（今李井），以卖糖蔗为生，但辛辛苦苦种植的糖蔗都被当地贪吃的村民偷走了，一气之下，黄氏的这一户人家就收拾家当，挑起便当，另谋生路，在路上偶遇从平阳回来的蔡氏人家。当问起黄氏离开缘由，蔡家拍着胸脯说，我们坦歧地大，你若来种植糖蔗，我帮你盖房子，以后准能发家。没想到蔡氏人家说到做到，这样，黄家就在坦歧安顿了下来。据老人们回忆，以前坦歧光是糖蔗厂就有四大家。现在坦歧村还零散地放置着3个被丢弃的"糖绞"，其中一对被搁置在杂草丛生的竹林边，另外一个被放置在农户的院子外。老人们说，记忆里差不多有40余年没见过珊溪糖板的制作了。

　　珊溪的古法制糖板就如这被遗弃在角落里的"糖绞",退出了历史舞台,那一大片糖蔗地也已变成了一幢幢林立的高楼,一切美好仿佛还在"昨天",可至今坦歧人还会在自家的一亩土地上种些许糖蔗给孩子们解解馋,似乎也在"种"着自己仅有的"回忆"。

粉融香雪：粉丝

记得以前在外地上大学的时候，妈妈总是隔三岔五打个电话问我："女儿，身上的钱够用吗？快放假了，有没有想吃什么？"我会毫不犹豫地回答："妈，我想吃你炒的粉丝，我要吃一大碗！"那时候，我就感觉文成的粉丝带着母亲身上的味道，带着乡土的味道，牵动着我，以及其他像我这样在外学习或打工人的心。粉丝那晶莹剔透的样子，总能让我想起"粉融香雪透轻纱"的美人。粉丝好看也好吃，那进入嘴中滑溜溜的口感，那股子在嘴里的嚼劲韧劲——美滋滋的。每次炒粉丝的时候，母亲都会多放点肉末、香菇、乌贼干、冬笋、胡萝卜丝、葱，那味道，几回梦里让我"患相思"。

番薯粉丝是文成人招待贵客的美食，在农村的红白宴上，那是必上的一道菜，也是最抢手的一道菜。据说番薯是在明万历年间传入文成的，为了便于储藏和改善口感，人们就开始制作粉丝。到今天，番薯粉丝几乎和明朝军师刘基一样成了文成的代名词。

用纱布过滤番薯浆

现在每年的 11—12 月，是珊溪最繁忙的季节，地里的番薯应该很大个了。果真，周末一回家，家家户户都在田里倒腾着——忙着挖番薯，不管大的小的都倒在簸箕里挑回家。沉重的簸箕压弯了扁担，但挑着担佝偻着背的农民们却是满面笑容：不错，今年又是丰收年，这一担番薯可以制成好多番薯粉丝呢。

村民们制作粉丝，会挑个好天气，把家里的番薯用清水洗净，在盆里架上番薯铇，就这么将一个个番薯刨成丝，再将番薯丝放在清水里过滤 2 遍，被过滤的水会变成棕褐色，还带着黏性，这就是番薯浆，它可是宝贝。接着，村民们会拿来一个竹筐，竹筐上铺上一层过滤用的纱布，再把竹筐用木条架在一个很大的水桶上，之后，将番薯浆倒在纱布上进行过滤，去掉番薯渣。待 2—3 天后，番薯浆和水分离，倒掉多余的水，这沉淀在水桶底部的就是番薯淀粉。一些农户会将番薯淀粉晒干，日常当成一种食物的佐料，比如在肉丝里用水与番薯淀粉混着搅拌，再放进事先准备好的滚烫的汤汁里，那美味是不可言喻的。当然，现在生活条件好了，农户们怕麻烦，会直接将洗净的番薯倒进一个薯类浆渣分离机里，再把番薯浆倒进纱布里过滤，那番薯渣

晒番薯淀粉

晒番薯粉丝

子就得倒掉了。一些农户觉得浪费，就会刨成番薯丝，这样可以两用，被过滤的番薯浆可以拿来做番薯粉丝，而番薯丝可以晒成干。

　　记得小时候，外婆会在大铁锅煮的米饭上面撒些番薯丝，煮熟的米饭和番薯丝的香味在屋内屋外飘散着，别提有多香。老人家喜欢将番薯丝、饭、盐、猪油用木质饭勺子一起搅拌，揉成团状给我们这些孩子吃，她说，孩子这样吃容易胖，也壮，就像猪圈的小猪一样结实。在我小时候跟着外婆生活的那段时间，我的早餐就是这样的一团小饭团。外婆会让我们拿在手里一边吃一边走着去上学。那时候，对我而言，这小饭团就是最丰盛也是最美味的早餐了。外婆告诉我，在她那个年代番薯丝可养活了不少人，境况差的人家连番薯丝都吃不上，只能吃番薯叶或南瓜叶。真感谢番薯的"不分贵贱"，养活了外婆那一代人。

　　提取出番薯粉是做番薯粉丝的第四个步骤，接下来，要把番薯粉按照一定比例兑水，调成糊状，水的多少将直接影响制作出来的番薯粉丝的硬度和韧度，这取决于农户个人口味。下步，就是将调好的糊状粉丝放在笼屉上蒸。这蒸可是一门手艺，师傅需要凭经验，用手去触碰番薯饼，估摸不粘手，又往上面浇一层糊状番薯粉，就这么一勺一勺往蒸笼里浇，直到制成一个大圆饼为止，这圆饼晶莹剔透，就像一个大果冻，一看就激起人的无限食欲。村民们说，制成这一个20多斤的番薯饼需要100斤的番薯，可见，这浓缩的是精华。之后，再拿来簸箕，将番薯饼摊在上面散热，待完全冷却固化后，就可以拿来专门的工具将番薯饼固定好，再用番薯铇从上至下将饼刨成丝状。接着，将一小撮番薯丝从中间拎起，团成一小捆，依次摆在长形簸箕上。最后，放置在太阳底下晒干就行了，晒干的番薯粉丝可以保存一两年。当然，有些农户不喜欢全部弄成粉丝，所以有弄成片状粉条的，然后做猪肉炖粉条，那味道也是极佳的。

　　前几日，在国外不能回家过年的亲戚还打来电话向婆婆讨要番薯粉丝。"姐，快过年了，记得给我寄文成的番薯粉丝！"这情节，突然让我想到《伯温家宴》片段，主人公刘毅出国20年后，在异国他乡再次尝到炒番薯粉丝，粉丝的味道唤起了他儿时的记忆，也让他领悟到那份真挚的"母爱"。文成粉丝曾几何时已经成了旅居他乡之人爱的寄托，乡情的寄托。

宴请亲戚朋友

　　在这冬日里，在这越来越浓厚的年味中，如果炒上一盘番薯粉丝，当然得多加肉丝、香菇、冬笋等佐料，或将粉丝倒进沸腾的排骨汤锅中泡一泡，再夹一筷放进嘴中，筋道、黏滑、香甜，那畅快，让人流连。你也不妨尝尝文成番薯粉丝的味道，你一定会喜欢上那难以言说的味道！

光阴的味道：拉面

　　不知不觉，当所有的一切都在变，唯独家门口那家熟悉的面店的味道却从未变过，反而经过时间的沉淀，凝结成了我们骨子里的乡愁，混着思念，深深融在了我们的饮食里。在我心中有一碗面，叫文成拉面，这碗面我吃了无数次，但总是百食不厌，也许我已经习惯了这一碗乡愁在我的血液里流动的感觉。

　　据《文成县志》记载："拉面，又叫面带。"文成拉面是文成的传统小吃，已有几百年的历史。拉面店遍布文成的大街小巷。劲道的拉面，配上肉末、青菜、葱花、蛋花，浇上一勺肉汤，香气逼人，特别是拉面里加入些许酸菜，那股酸香，馋得我直流口水。"窸窣窸窣"，一大碗拉面吃到只剩半汤半面，已是一个饱嗝上来，可是当看到饱蘸汤汁的拉面沉到碗底，不忍心弃之而去，就又接着"呼啦呼啦"埋头吃，最后我往往可以把一碗面连同汤一起吃个精光。在这个寒冷的冬季的早晨，要是吃上一碗文成拉面，那真是一桩美美的醉事！

切面饼

边拉边抖

文成拉面

　　在文成拉面店里，我时常会看见一大家子来的，有银发的老人、刚长了乳牙的娃娃、精神焕发的年轻人。食客群体各异，这吃声也各异，有"滋溜溜"吸入面条的声音，有"吧嗒吧嗒"的咀嚼声，有"呼呼呼"边喝汤边吹面条的声音，整个就是"嘈嘈切切错杂弹，大珠小珠落玉盘"的场景，也许这就是人间最美的烟火味。由于文成拉面软糯，老人小孩都喜欢，你别看那小孩、老人没几颗牙，可吃起文成拉面来，比我们还有滋味，小孩只要将拉面用筷子夹短点，"塞窣塞窣"就立马下肚了，吃完后还嘟着小嘴一再讨食。

　　文成拉面似乎已经成为文成人的一种"馋"，"馋字从食，本义是狡兔，善于奔走，人为了口腹之欲，不惜多方奔走以膏馋吻，所谓'为了一张嘴，跑断两条腿'"。也许是我们家特别"馋"一点，要是隔个三五天没吃文成拉面，肚子就会抗议，不吃上一碗，浑身难受，于是当母亲问起明日要吃什么，大家就会异口同声地喊："文成拉面！"

文成拉面好吃，其做法也较简易，但需要一定的耐性和功力。第一步是将优质面粉倒入面盆内，加入适量的盐，可以让面粉醒得更快，再根据面粉的黏稠程度，慢慢加水，搅拌。第二步是反复用手去揉压，其揉压的时间至关重要，关系到面粉的韧劲。渐渐地，面粉经过沾水揉压，黏性成团。第三步，将揉好的拉面揉成长条。第四步，将其切成1厘米宽的条，整齐划一地排列在案板上，远看就像钢琴上的白色键盘，再盖上湿毛巾，防止面皮因长时间接触空气而变得干燥。第五步，约过20分钟发酵后，将切好的面条两端拎起，边拉边抖，将面条拉得尽可能细长即可，接着扔进沸腾的水中，待熟后，倒入调好的猪骨汤汁内，加入葱花，一碗润滑爽口的文成拉面就出锅了。

也许是骨子里的遗传，家家户户都会做义成拉面。《本草纲目》说："米能养脾，麦能补心。"对文成人而言，山珍海味还不如一碗文成拉面来得实在，韧劲十足的一碗面下肚，肠胃舒畅了，这精神头也来了。

"最是人间烟火色，且以美食慰风尘。"来文成不妨尝尝文成拉面，那也是人间美好的烟火味之一。

一缕清幽茶香：制茶

　　每年 3 月一到，文成山中的茶树像是被人梳洗了一番，满山绿得耀眼，嫩嫩的、翠翠的芽儿顶着晨露，一簇簇从茶树枝头冒出来，让人忍不住真想上前掐一把。文成种茶、制茶历史悠久。古时，在山道上造亭煮茶施茶者甚多，也有热心人专门雇人借用路亭、茶亭，给过路人煮茶。据《南田山志》载：山中路亭多施茶，最先者为明朝嘉靖年间刘道礼（字启节，为忠节公玄孙），造武阳亭，置田施茶迄今。其他路亭，亦有施茶田产。又村民岁助施茶谷，由住亭者到家征收，小康之家无不乐助。文成人喜茶，一些地名直接以"茶"或"茗"字命名，如茶龙村、茶谷坑村、茶叶坑村、茗垟村（"茗"字就释义为茶芽）等。在文成的民间婚礼中，还保留敬茶的习俗。女方嫁到男方家时，婆家人会端上一碗茶给新娘喝，新娘还得准备一个红包答谢端茶人。

　　平和，作为文成茶叶主要产区之一，一面临江，三面环山，三面高山中有溪谷峡流，地势高低悬殊，低地冬无严寒，偏高地带夏无酷暑，年降雨充沛，给茶叶的生长提供了舒适的"温床"。

在平和九龙山上，映入眼帘的是一大片绿色，那一梯梯茶树就像一条条丝带环绕在山坡上，浓浓密密的，好似一片绿色的海洋，十分养眼。这是蔡永游师傅家经营的 1280 亩茶园，这片茶园也见证了其父亲的心血。其父亲曾是全国人大代表、全国劳动模范蔡日省同志。蔡永游师傅于 1971 年生，据他讲述，小的时候，父亲曾是一位棉花匠，后来弹棉花的行业不景气，父亲便于 1984 年回到了平和，在当地租了 50 亩土地种起了茶苗。为了提高炒茶技艺，其父跟随文成农业站的一位工作人员学习制茶手艺。蔡永游师傅 17 岁那一年也跟着这个"师傅"学会了一手精湛的炒茶技艺。1998 年，随着收益的提高，父亲看着光秃秃的九龙山，觉得荒了可惜，索性就将它承包了下来，种了满山的茶苗。为了做好茶叶，父亲成立了自己的公司——文成县日省名茶开发有限公司。

父亲把茶园经营得风生水起，周边的村民很是羡慕，也有人慕名前来取经。此举让父亲萌生了新想法，那就是带领村民一起致富。虽然他走村入户给村民做思想工作，可是村民们有顾虑，加上山区农户收入有限，都舍不得掏钱买茶苗。父亲就自己掏腰包给村民买苗，免费提供种茶和炒茶技术。后来，平和乡的村民们，几乎家家户户都种起了茶树，走上了绿色致富之路。讲起这一段茶园发展的历程，蔡师傅满脸辛酸，他说，原本他对种茶并不是很感兴趣，2011 年，父亲去世后，他心里总是空落落的，父亲的种茶之路，以及创立公司带领村民致富的艰辛历历在目，他想，绝不能让传统手艺断在自己手上。于是他和其他两位兄弟一起扛起了茶厂工作。"前面几年，父亲因为要保证茶厂正常运转和买茶苗，向亲戚朋友借了不少钱。父亲欠了的钱，我们都要还清的。"对于蔡师傅兄弟仨而言，这是诚信之道，也是立足之本。通过三兄弟分工合作，茶厂重新恢复了生机，欠亲戚朋友的钱也陆续还清了。

2012 年，茶厂与浙江大学合作，成立茶叶技术研究实验室和科研小组，实现产学研相结合，研发出各类茶叶新产品，扩大了茶厂种植范围，推广使用了种植管理新技术。同年，茶园建立了微喷灌设施，推广使用黑刺粉虱诱捕器、太阳能杀虫灯。2015 年完成茶产业提升项目建设，茶叶产量、产值效益也显著增加，茶叶良种推广面积扩大，茶园基础配套设施不断完善，带动了周边农户增收。

对于采茶，蔡师傅有一套自己的经验，他拿起篾席上的一颗茶芽对我说，种好的茶要趁着清晨朝露未干的时候去采，采摘的茶是最清香的。采茶不单是体力活，也是技术活，采摘有标准，有一芽一叶的（一芽一叶就是一个茶芯和一片叶子），有一芽二叶的。对卖茶人而言，一芽一叶和单芽的标准等级是最高、最好的。采摘的时候不要去掐，要提拉，不然，采摘的茶叶断面会出水变黑，影响茶质。蔡师傅回忆，以前，祖辈们将手工制好的茶用扁担挑着一路走到上海，换取盐等生活必需品，再徒步沿着古道走回来，一来一回要走上半个多月，那时候，一担茶可以换取一担盐，茶也成了祖辈们的主要经济来源。

蔡师傅介绍，制作绿茶程序复杂，需要经过摊青、杀青、理条、压扁、

九龙山茶场（王健摄影）

辉锅、筛选等工序。摊青就是将采好的茶叶均匀摊在竹篾上，再放到阴凉通风的地方。随着时间的推移，茶叶里的水分会逐渐蒸发，鲜叶失水萎凋。静置 10 小时左右，进入杀青阶段。杀青是制茶的关键工序，直接影响绿茶的香味和形状。待锅里温度上升至 140℃—180℃（温度先高后低），伸手触碰，锅里温度有烫刺感时，将茶叶倒进锅里。刚下锅时，需均匀翻炒，当感到叶子有些烫手，翻炒速度就要加快。只见蔡师傅掌心朝下，抓斗不休，推捻有度。理条、压扁、辉锅都是杀青中的一些工序，边炒边理条，逐渐压扁成形。高温也终止了茶中活性酶的继续发酵，水分被快速蒸发，慢慢地，茶叶在翻炒中去除了青草味，留下了茶清气。炒茶全靠个人手感和经验积累。蔡师傅说，最初自己学炒茶的时候，满手都是泡，怎么办呢？只能将泡戳破了，接着炒，所以炒茶人的手特别粗糙，布满硬茧。炒干的茶需倒在篾席上散温，最后筛选入袋。

　　绿茶和红茶的制作流程不同，红茶需要经过萎凋、揉捻、发酵、烘干、筛选等工序。经过萎凋后，进入揉捻工艺。揉捻茶叶要用双手滚揉，揉捻之间，叶片弯曲，条索逐渐紧实。下步就是发酵，发酵是红茶制成的核心工序，是红茶和绿茶的分水岭。绿茶属于不发酵茶，绿茶在采摘后会进入杀青工艺，高温阻止了氧化酶继续发酵，却保留

摊青

萎凋工艺

了茶树鲜叶中的多酚类。在揉捻过程中，会强行破坏鲜叶细胞组织，多酚类化合物的酶促氧化得到发挥，形成了茶黄素、茶红素等有色物质，同时也会产生霉菌、细菌等多种微生物，所以发酵的时间、温度、湿度至关重要。发酵后的茶叶变得绵软，散发着一股独有的香味。最后进入烘干工艺，直接将茶叶放置篾盘上，然后将篾盘放到准备好的木炭上烘烤。这是传统的制茶方式，现在炒茶这一烦琐费时的手工艺工序已经被机械化所取代。

在蔡师傅的记忆中，关于揉捻这道工序，平和的祖辈们采用的都是用脚揉捻，就是将萎凋的茶叶装到麻袋里，然后依靠一个倾斜的木板，由人站在麻袋上，从上至下，缓慢用脚推揉，类似滚雪球。这是

炒茶

一个古老的制作工序，可惜在文成已经很少见。

如今蔡永游师傅从父亲蔡日省手中接过接力棒，将茶园规模不断扩大。说起父亲，蔡师傅满脸是骄傲，1984 年父亲蔡日省潜心栽培研究，1986 年成功创制"半天香"名品。"半天香"外形似松针，条索细紧挺直，色泽绿润；沏茶汤色嫩绿明亮，叶底细嫩成朵，尝起来回味甘甜，尤以香气清高久远，因"半天香香半天"之美誉而得名。1995年"半天香"名品被载入《中国名茶图谱》绿茶篇，2001 年又被认定为"中国名优茶"。"半天香"自问世以来，深受大众喜欢。

蔡师傅家制作的绿茶可以保存 18 个月，红茶可以保存 3 年之久。蔡师傅说，如今，虽然流水线生产已经替代了传统的手工炒茶，但自己仍然是一名手艺人，会继续钻研制茶技艺。择一事，忠一生，这是手艺人的初心。

入杯冲泡后的平和茶叶，香气扑鼻，尝一口，滋味甘醇爽口。"茶亦醉人何必酒，书能香我不须花"，在平和，不防轻拾一抹时光剪影，浅品一缕清幽茶香，温暖一段人生流年。

曲香浓郁：制曲

文成流传一民谚："公阳好财主，双桂好地土。"后半句说的就是双桂土地肥沃。据《文成乡土志》载：双桂稻米质量冠于全县，俗称"山下米"，酿酒、做年糕、蒸米饭都特别香、细腻、可口。好地、好水、好米，才有了双桂的好曲，制曲的起源在文成的时间较早，在明清时期颇为盛行，民国年间流传更为广泛。当时已有黄坦王宅"老富"曲坊，双桂"山下"曲坊，南田"解板"曲坊，至今双桂"山下"还留着曲坊遗址多处。据双桂乡贤叶信群老师介绍，中华人民共和国成立前山下还有曲坦 36 个。

常言道：无米难制曲，无曲不成酒。曲是酿酒不可缺少的主要原料。制曲以米为主料，曲娘为发酵剂，一坛曲的好坏，取决于曲娘的优劣，因此，曲娘的酿造有严格的时间要求，必须在夏至大暑前一天酿造，否则难成好曲。过去制曲用的米都是用石磨礱礱出来的糙米，原料一般选用红米，如今红米品种消失，均用杂交早米代替，石磨礱也已不用，即用碾米机来加工。制曲并非人人会，要有一定经验与技艺者才能制作，必须从师或家传。制曲必须要勤探细观。

双桂制曲手艺人吴爱双师傅，从19岁开始制曲，现今已经69岁。吴师傅告诉我，19岁时，她经人介绍嫁到男方家，可男方家比较贫困，于是她想到了利用丈夫家祖传下来的制曲手艺，通过这门手艺提高家人的生活水平。可是20世纪70年代的农村物质生活条件有限，制曲的米非常紧缺，所以只能凌晨3点起床，吃完早餐，挑着担翻山越岭到水头去买米。那时米的价格是1元6斤半，舍不得买多，每次都是买个六七十斤，一路挑着担，直至夜里9点才将米挑到家。

地铺

回想起曾经的制曲经历，吴师傅满脸辛酸。她告诉我，那时候都是集体劳动，集中分配，粮食紧张，她怕被人举报，每次制曲都是门关起来做，一次也不敢做太多。一斗曲可以换一斗米，对方还需付 2 角烧柴火的钱，通过这样的方式增加口粮和收入，维持生活。

对于怎么制作上好的酒曲，吴师傅了然于心。制曲前需要准备曲娘、糯米饭、炊甑、曲耙等工具。做红曲，必经"三铺""三蘸"方成。做曲的第一道工序是放大米入桶洗净，之后入笼蒸熟成饭，第二道工序是出笼倒进曲箪内放凉到 20℃左右，接着是加适量曲娘及预先制好的曲酒，与饭一起搓散、搓均匀，再装入箩内加盖放置 30 小时（以箩内米饭受曲菌感染程度而定）后出箩，这个过程叫"箩铺"，也是第一铺。接着出箩倒入曲房（双桂的曲房面积基本是在 50—200 平方米，周围用泥砌墙，开小窗若干，下面泥垫曲坦，上面横放竹帘加上 10 厘米泥）内坦上，堆成尖状，慢慢用手运开成薄层叫"地铺"，也是第二铺。再铺上米饭拨入筐内入水浸一两分钟，叫"水铺"，也是第三铺。在浸水那天起，每日浸蘸一次水，一连三天，共蘸三次水，叫"三蘸"，三次蘸完后堆放在曲房坦上运开成薄层晾二日。叫坐坦二日，第七日出坦晾干，成红曲。优质红曲，外表微黑底红，体质呈紫红色、内里透红呈桃花色，中心有铁质心；劣质红曲，外表浓衣过大，裸体无衣，白心过多，桃花色少量，还存少量米生。制作期间，室内温度要保持在 30℃左右，温度低不易发酵；若温度太高，日后出曲作酒必酿成醋。故此，制作时一定要勤翻、勤摊，不能让米饭发酵成团，若成为团状不散便成烂曲了。

用红曲酿酒

　　每年秋收过后，桂溪的水清澈如镜，新米登场，家家户户忙着做
十月糯米红酒。曲除可酿酒之外，还有相当可观的养生保健药用价值。
将曲熔焦研粉吞食即可消食、健胃，泡酒喝下可活血、健脾，泡水煮
煎吃下可治赤白痢疾等症。

　　关于制曲的"取经史"，双桂还流传着这样一个故事，说是300
多年前，先辈们为了能制作上好的红曲，不辞辛劳，踏破茅草鞋外出
寻师觅友，求知学艺，后历经艰辛，终于在泰顺县筱村觅到了一位制
曲技艺精湛的师傅。在师傅的无私传艺及指导下，加上先辈们的苦学
精神，经过后期的不断改进实践，为双桂"做红曲"赢得了名著浙南、
闽北的美誉。

穿越时光的小印记

童年的陪伴：椅轿

四只柱，

八栏杆，

娘娘里走出，

太子很喜欢。

这是 80 多岁的老人们至今仍记着的椅轿民谣。民谣简单，用文成方言读来朗朗上口。"四只柱、八栏杆"指的是椅轿的外观，它由 4 条腿和围在四周的 8 条横杠组成；这里的"娘娘"指的是母亲，"太子"也就是孩子，孩子看见自己母亲从屋里出来，很欢喜，伸着手，示意要自己母亲抱。虽是短短的几句话，但把椅轿的外观和孩子的形象展现得淋漓尽致。

据老人们回忆，在他们那一辈村子里就有这种椅轿了。蒋大爷说，在他的记忆中，他的奶奶带他的时候，就对着椅轿喊着："来来来，给'干娘'抱抱！"在村子里，椅轿的另外一个称呼是"干娘"或"干爹"。女孩坐在里面叫"干爹"，男孩坐在里面就叫"干娘"，意指抚养长大的人，这样称呼也是让孩子能"赖以"（方言，好养的意思）。蒋大爷说，以前家家都有这种椅子，每户人家的子女都很多，加上农活又多，哪来时间去抱孩子，常常是背上背巾里背一个，椅轿里坐一个，地上爬一个，个个都还养得健壮结实，小孩子嘛，就要让他四肢多活动，哪有像现在的人那样天天抱着！说着，说着，老人忽然停顿了，感慨起来，椅轿似乎触动了老人内心深处的另外一块记忆——他想起了早已离开的母亲。

对椅轿，我们这些在农村长大的"80后"都不陌生，由于父母外出打工或忙于工作，那时候的我们大多被留给爷爷奶奶或外公外婆抚养，我和大妹的孩童时期就是在外婆的陪伴下度过的。外婆育有三儿三女，母亲在家中排行老大，生下我不久就外出务工了。那时候，给我的印象就是家中的表弟妹特别多，每一个都是外婆抚养长大的，那张椅轿上也坐过一个又一个小孩。

椅轿类似于一把椅子，制作材料简单，可以是木制的，也可以是竹制的，但在乡村，以木制居多。木头与木头的连接，也是传统的老手艺——运用榫卯结构完成，无一枚钉子，充分展示了乡村传统木匠的智慧。椅轿，后背高60厘米，前面高50厘米，宽30厘米，长50厘米；座位的面板上有一个圆洞，直径大约11厘米，供婴孩随时大小便；座位的前面是一块可活动的自动推板，有的椅轿是放一块托板，可以根据婴孩的大小调节距离。要是婴孩月龄较小，大人们就会在椅轿靠背放一个松软的小枕头，这样小孩子就不会坐歪。记忆中外婆会把表弟或表妹放在这张椅子上，之后开始忙前忙后，喂猪、劈柴、洗菜，偶尔进屋会说一句："我的宝，真会！（"会"方言，乖的意思）""我的宝，等下外婆做好了就给你吃饭饭哦！""乖哦，别哭，马上好唉！"……表弟或表妹看见外婆进屋就会伸开手臂，晃动着双脚想让外婆抱，忙得脱不开手脚的外婆就会嚷着我们这些大点的孩子："弟弟哭了，快点去陪陪！""拿个番薯给妹妹吃！"……为了让表弟妹不哭，我常常跟他们玩捂着脸又放开的游戏，这招很见效。在我的记忆中，表弟妹都是在这张椅子上睡了玩，玩了睡，只有饭点时候，外婆才真正坐下来面对面跟他们说说笑笑。后来小舅舅有了孩子，为了让我带娃方便，他就在椅轿下装了轮子，前面系上一根小麻绳，让我拉出去玩，那时候的我也才八九岁的样子。装上轮子后的椅轿，成了我童年新的玩具，我常常欢喜地拉着它在乡村小道上跑来跑去，弟弟妹妹们也被我哄得乐呵呵的。

慢慢地，小宝宝们在椅轿里一天一天长大，长牙了，会爬了，上学了，离开外婆了，接着，又有另外一个弟弟或妹妹坐在这。椅轿就像一位母亲，默默地呵护了我们。不知道外婆的这张椅轿坐过几个孩子，也不知道什么时候有的这张椅轿，只知道妈妈、舅舅、姨妈、弟弟妹妹、表弟表妹、我都坐过这张椅轿。后来，大伙长大了，有些成家了，有些去了县城或者镇上上学了，而外公在我上初中的时候就过世了，家里剩下外婆一人。母亲告诉我，外婆小时候非常苦，由于家境贫寒，外婆幼儿的时候就被送到山上去给人家当童养媳。听妈妈说，外婆当时的丈夫非常吝啬，常常是把一些好吃的东西藏起来不让她吃，哪怕是自己吃得闹肚子了，也不给。可外婆每天都要下地干活，没有吃的哪来的体力？还好婆婆比较心疼她，就将家里的粮食偷一些出来给她吃，毕竟这个童养媳也是自己养大的，到最后婆婆看不惯自己儿子打骂、虐待媳妇，就在儿子不在家的时候鼓励媳妇逃走。

　　身无分文的外婆，能往哪里逃呢？只要哪个男人能给她一口饭吃，她干什么都愿意。冬季刺骨的冷让外婆整个人都哆嗦起来，外婆真的是又冷又饿又无力。走啊走，由于寒气的逼近，外婆最后本能地蜷缩在一户人家门檐下避风寒。当时的外婆刚10多岁，正是花一样的年纪，这户人家正好没有娶妻，发觉这个女人刚好可以作老婆，就这样外婆在这里"住"了下来。可是男人的本性日益暴露，他对外婆拳脚相加，外婆为她生下两个孩子，在第三个孩子临盆的时候，这个男人却将外婆赶出了家门。外婆只能挺着肚子四处乞讨，就这样外婆碰到了外公，当时外公是泰顺县一个企业的工人，手头上有些积蓄。外公见外婆当下的处境，心生悲悯，收留了外婆，同时也收留了她肚里的孩子。之后外婆给外公先后生育了三男二女。正因为自己经历了人生的苦难，

椅轿下装轮子

她很爱自己的孩子，不希望孩子们过得跟她一样苦。

记得外公走后半年多，有一次，外婆和一户人家吵架，那户人家见男主人不在了，就特别嚣张，外婆只能叽叽哇哇地骂了一通，而后默默地走回室内。听邻居家说，好几次，看见外婆在阁楼里抱着外公的遗像泣不成声。

在外公走后的一年，外婆也走了。外婆不在了，这张椅轿又被母亲拿到家里来，继续以外婆抚养后代的方式带大了我的女儿、我的大妹妹的女儿、我弟弟的儿子。

时光一点一点地在走，孩子们从婴孩变成了少年，变成了青年，最终还要变成老年，无论孩子走多远、多久，椅轿就像母亲一样静静守望着。椅轿，那陪伴我们左右的成长记忆，你还能想起多少？

冬日里的温暖：竹编火笼

在这寒潮侵袭的天气里，窗外的天地处处弥漫着一丝丝寒气，似乎每吸一口寒气就可以把人的身子骨冻得咯咯响。在这个时候，突然想起老屋中的那一股温暖——外公冬日里日日手提的竹编火笼。火笼，古人又称为"熏笼""穹笼"。据《文成县志》记载：火笼，民间取暖用具。内为陶樽，叫"火笼樽"，外护篾壳，有粗（宽）篾与细篾之分。火笼，外体用光滑的竹丝编制，笼身上大下小，内置陶钵，放置火炭用，再配上弯弯曲曲的笼柄，像一个小花篮。由于外公的火笼用了一定年岁，所以竹编的笼身看上去好似棕色，加上长久使用，火笼外观也特别油光发亮。

火笼是山里农户必备的取暖"神器"。文成民间就传有一段谚语：

山中三件宝，

火篾当灯草，

火笼当棉袄，

番薯吃到老！

在老一辈的记忆中，那时候村子里家家户户基本上都有这样一个小火笼，老人们更是喜欢提着这个"暖器"，聚在村中大庭院里话家常。母亲告诉我，在以前，家中生活条件有限，兄弟姐妹又多，一条裤子常常是大的穿短了给小的穿，基本上是一条裤子穿到冬。白日里，小孩们就会围着火笼取暖，有些年岁大的老人更是怕冷，干脆将火笼夹在两腿之间来取暖。她还告诉我，特别是在她父亲那一辈，寒冬里床板上垫的就是一层稻草，盖的就一层薄薄的被子，为了抵御漫长冬夜的严寒，大人们就会把火笼放在床上取暖。当提到火笼时，母亲的两眼放着温暖的光芒。

记忆中，外婆时常还会将小表弟妹的尿布或裤子放在上面烤，或者将火笼放在"椅轿"下，这样坐在"椅轿"上的小表弟妹，屁股蛋就不会冷，而我们小孩常常会拿豆子或者小番薯放在火笼里煨，别有一番乐趣。再长大一些，我到了上学的年纪，冬日里坐在小板凳上写作业，要是觉得双手被冻得僵硬生疼了，就会放下手中的笔，将手放在火笼上烤一烤，等觉得手变得暖和了，有知觉了，就开始更卖力地写老师布置的作业，仿佛烤完火笼，就有了动力一般。再长大一些，我跟随在母亲身边生活，寒冬里，她给了我一个装着热水的玻璃吊瓶，虽然也温暖，不知为何，心里却少了那一份"热闹"。

火笼取暖也有一定讲究，不是随便放置炭火就可以取暖的，需要用铁锹从灶膛里取出柴火底部火热的碎木屑，然后放到火笼的陶钵里。

为了让碎木屑冒烟不呛人，需要再铲一些薄薄的热灶灰盖到其上面。要是火笼使用一段时间，感觉热力不足了，就用小木棍将底层发红的新炭慢慢拨出，这样火笼上就会再次散发温暖的热光。如此反复使用，火笼的温暖可以持续一整天。

火笼，现在已经少有人制作，一位竹艺师傅告诉我，他们以前会做，可是现在大都已经记不清了。但当我拿着火笼照片给珊溪的竹艺老师傅夏荣远看时，他立马看出了火笼的制作工艺和用竹篾的根数。"这个火笼做工粗糙，是用粗篾做的，用的是16根竹篾。有些火笼是用24根，24根的火笼是用细篾做的，较费时，师傅一天最多做3—4个，用粗篾的话，一天可以做6个。细篾做的火笼保暖性强，粗篾的话保暖性会差点，这主要是竹篾和竹篾编织缝隙大小的原因，粗篾做的话，缝隙会大点，细篾会小点，不容易灌风。"

听老师傅讲，制作火笼程序并不复杂，需从山中挑选3—4年竹龄的竹子，回来后，将竹子破竹，去掉竹节竹黄，留下竹青，接着将竹青削成竹篾。劈好的篾丝还不能用，需经过两个锋利刀片组成的"剑门"，拉成宽度一样的篾丝，这个篾丝就是编织笼身的原材料。篾丝准备好了，接下来就是编织笼身。首先将细长的竹篾进行编织，围成一个上端留有大孔的圈，每三条竹篾进行交叉，然后将网格再一一扎紧，放入陶钵，之后沿着碗状陶钵呈裙状向下编织，定型后，最后收口，安上提环，整个流程不用一根铁丝。有些手艺人也有从底座围着陶钵呈灯笼状缠绕而上编织火笼的，方法不同，呈现的火笼大小、样貌也各异。火笼形体小巧，制作便捷，人们可手提竹柄随处走动。手艺巧

竹编火笼

的竹编艺人，还可以在花篮上编字。这更是让我对竹编手艺人那经天纬地的本领肃然起敬！

火笼不但温暖了母亲那一代人的艰苦岁月，也温暖了我的童年。记得每回冬夜，外公会把火笼放进被窝里，让我和妹妹把冻得红肿的小脚放在上面烤，由于火笼，整个被窝都会被烤得香喷喷的。在烤火笼的间儿，外公还会跟我们玩抓老鼠的游戏，就是他左手握着我的一只小手，右手则一路从我的胳膊肘轻轻地捏到手腕，做着这个动作的时候，他嘴还会一边念叨着"脉——血——骨——老鼠从这里出！"一边冷不防地戳中我们的胳肢窝，这一招时常会逗得我们姐妹俩哈哈大笑。

后来，外公突然病了。在我上初三的时候，外公被查出了肝癌，到后期开始拉血，那时的厕所是木制的椅子式，只是椅面上没有板块，中间是空的，且设在露天。每回上厕所，外公就要走上一小段路。那时，他就小心地嘱咐我妈妈："上厕所的时候，一定要抓住我，我怕我倒下来了，再也看不见你们了。"母亲好心地瞒着外公的病情，但外公是个明白人，对自己的病情非常清楚，他给3个儿子划好了田地，分好了房子。外公走时，我在上学，回来的时候，他已经一动不动了，很安详地闭着眼睛，像睡着了一般，只看见他右手紧紧贴着胸口。母亲流着泪说，外公胸部其实很疼，好几个夜里都坐在那里眯着眼睛小憩。可我记得，我有好几次来看外公，他始终面带微笑，时常问我"吃了吗，冷不冷，上学成绩怎么样"，但其实，他已经疼痛难忍。

听母亲说，外公临走时，显得非常困倦，听儿女们在哭，又努力再次睁开眼睛，挥挥手，用微弱的声音说道：我走了，大家别哭！

没有外公的日子，没有人再给我们种甘蔗吃了，也没有人再给我们种花生吃了，更没有人给我们用火笼取暖了。不久后，外公用过的火笼也坏了，塌了。

回想起童年，虽然那时候的冬季冰天雪地，寒气逼人，但一切似乎暖暖的，暖暖中留下的是外公的火笼和他陪伴我们童年的笑声。

现在，随着空调、暖器、热水袋的出现，火笼已经很少有人使用。记得很久之前，我偶尔步行乡间，有幸看到90多岁的阿婆还提着火笼，迈着蹒跚的步子走着，那情景，好似这火笼在漫长的时光里迈过的"步子"一般！

一蓑烟雨：蓑衣

　　这个周末，因要找寻一些旧物，我特意回了老家一趟。刚转过路口，踏进院子，发现许久不见的老屋又老了几分：院子里丛生的杂草，门前堆积的鸡粪，木门发出的沉重嘎吱声，墙上斑驳的纹路……一切，像是老屋厚重的喘息声。屈指数数，我已经20余年未这样端详过老屋了，老屋的一切都在，只是熟悉的人都已经不在了。

　　大姑姑搬来一条梯子，靠在房屋的横梁上，横梁上杂七杂八地放置着些许东西：一张年代久远的简易床、一副很久之前打造的棺材和一些叫不出名字的器物。她亦步亦趋爬到阁楼上，取下我"阿太"（高祖父的母亲）生前陪嫁的竹盂时，我无意间看到了两领蓑衣，这蓑衣的上衣和下裳已经布满厚厚的灰尘，被岁月的风刀刮得上下支离。大姑姑说，这蓑衣估计是我高祖父或其父亲用过的，要不把这两领蓑衣也拿下来。我说，别，放那好了。心里担忧着，这蓑衣要是真是他穿过的，这年岁怕是经不起大姑姑这么一拎。

　　看着这蓑衣，就感觉它像一位时光老者，把我的时间向前推移，倒回。我回到了外婆家，看到了披着蓑衣、干完农活回家的外公。老人家哪怕再累，都会解开蓑衣的棕绳带，将其整整齐齐挂在锄头木柄上，再靠在门后。那时候，村里农户都会有一件蓑衣，农户们披着蓑衣、戴着斗笠去雨中插秧是最熟悉的场景；那时候，村里的河道没有被改建，一大片的农田、溪滩和棕树，小孩子们没事就会跑到河边棕树上摘棕树花，剥下来打游击战；那时候，小溪里好多螃蟹，石头一翻一只，无论外公外婆怎么喊着回家吃饭，我们还是留恋着不肯离去。那时候的日子再也回不去了，就好似这两领蓑衣，扛不住时光荏苒。

　　蓑，基本的字义解释就是用草或棕毛做成的防雨器。蓑衣在中国有几千年的历史，在先秦时期，叫被襫，后来才叫蓑衣。《国语·齐语》就有"首戴茅蒲，身衣被襫"的记载。中国古代诗词里更是无处不有它的身影，春秋时期《诗经·小雅·无羊》的"尔牧来思，何蓑何笠"，唐·柳宗元《江雪》的"孤舟蓑笠翁，独钓寒江雪"，北宋·苏轼《定风波》的"竹杖芒鞋轻胜马，谁怕？一蓑烟雨任平生"，清·纳兰容若《潇湘雨·送西溟归慈溪》的"君须爱酒能诗，鉴湖无恙，一蓑一笠"。蓑衣这种劳动人民的普通遮雨用具，成了古代文人对乡间洒脱隐逸生活的寄寓和向往。

　　诗里行间的蓑衣处处体现的是潇洒自如的生活状态，但串蓑衣是一件辛苦活、细致活，不仅需要精湛的技艺，还需要耐心和细心。据村里的老一辈人回忆，串蓑衣的师傅和剃头师傅一样，都会走村入巷招揽生意。要是哪户人家需要串蓑衣，师傅就会在那户人家里食宿，

穿着蓑衣的老人

蓑衣

而串蓑衣的材料需要农户自己上山去采集，这样可以省去材料钱，只需付给师傅制作的工钱，当然也有图省事直接从卖货郎那里买蓑衣的，但大部分人家还是喜欢请师傅在家里亲手做。

串蓑衣的第一道工序就是采集材料，棕树皮以其良好的密闭性和抗腐蚀性成为制作蓑衣的宝贝，所以在当地串蓑衣的首选材料就是棕树皮。剥棕树皮需要选一棵树龄 10 年左右的棕树，对着需要剥离的棕树皮自上而下割一刀，而后将刀子对着棕树皮的底部轻轻绕割一圈，以此类推，每棵树至多剥 12 张，如果剥太多了会影响树的存活和生长。一领蓑衣大概需要 100 多张棕树皮。第二道工序是将剥好的棕树皮拿到太阳底下晾晒至干。第三道工序是抽棕丝，有些人会用铁制的钉耙将棕树皮耙下或者用手抓下来，然后沾水，将其一条条梳理出来。第四道工序就是搓棕绳，将细如发丝的棕树丝捻成细绳，制作方法类似于搓稻绳。制作一件蓑衣需要长短粗细不同的棕绳。第五道工序就是串蓑衣，串蓑衣最难的地方是打领口，这个程序决定了蓑衣的成型和结实程度。先是需要将 15 或 16 张棕树片按照衣领的形状挨个排列，上下两层叠放起来，并用竹签固定起来，然后用与织毛衣用的粗细大小一般的针将棕绳穿起，引着棕绳来回穿梭缝合，衣领也就慢慢成形了。领口塑形后，接着以穿针引线的方式，用棕树片拼接缝制。引针沾油会好穿点，因为油可以起到润滑作用，不然就很难穿，不小心还会扎到手。看一位学徒能否出师，打衣领至关重要，要是成型，说明学徒会做了，也就可以出师了。串蓑衣分里外两层，中间空。串蓑衣时，只能穿过表面，针穿太深了，蓑衣就会漏水。里外都要缝制，针脚距离要适中，太密了，蓑衣穿在身上就会感觉硬邦邦的，不舒适；针脚间距太宽了，雨天穿在身上就会漏雨，且感觉软趴趴的，穿起来就没有型。上裳串好后，再串下裙，然后用棕绳将各个部分缝制起来，形成整体，最后将蓑衣尾部杂毛理顺，以便雨水顺溜而下。整个蓑衣就像古代士兵穿的铠甲。技术娴熟的师傅，两三天就可以完成一件蓑衣。老人们反映，蓑衣和雨衣穿在身上的感觉就是不一样，雨衣不透气，但蓑衣穿在身上透气、保暖，要是干活累了，还可以和着蓑衣躺在地上休息。

蓑衣在古代非常流行，明朝徐光启《农政全书》就有"上风黄，下风隘，无蓑衣，莫出外"的记载，蓑衣一般和斗笠搭配，"青箬笠，绿蓑衣，斜风细雨不须归"。如今，随着现代工业的兴起，雨衣雨具逐渐替代了蓑衣和斗笠等传统的防雨用具，串蓑衣的老匠人已经很难再寻，但村子里依然有老人始终记得这个老手艺，也始终披着那一蓑衣，戴着那一斗笠在风雨中劳作。

好崽好女结成双：畲族婚俗

唱："娚歌娚到天大光，行郎抬亲转回乡；又依时辰依日子，时辰来到好拜堂。"

对："奉请上位亲家公，行郎感谢添崽孙；添崽添孙风水好，堂上代代高官封。"

唱："感谢上位亲家公，好崽好女结成双；酒肉重重食唔尽，保佑两家满堂红。"

对："感谢六亲陪天光，感谢阿姨来帮忙；阿姨辛苦陪到皓，想成冇钱拿的郎。"

……这首畲族山歌唱的是畲族人嫁女的场景，场面很是热闹。

文成畲族的传统婚姻，讲究自由恋爱。爱情升华后，就组成了一个能遮风避雨的家，那就需要婚姻。文成畲族婚姻的形式与汉族相似，有女嫁男、男娶女、做两头亲等，但无论何种婚姻，必经历相亲、定订亲、娶亲等程序。

相亲时，男方会先派媒人去往女方家，再商定时间让媒人领着女方和其家人去男方家，这个过程叫"看人家"。女子要是同意嫁予男子，那就会收下男子送的信物。之后，由算命先生核定双方的生辰八字选择定亲、结婚的日子。据《文成县畲族志》记载：订婚当日，由媒人挑猪脚、索面、鱼鲞、银手铰、银戒指等到女方家中。女方请来舅父、姑爹、姨父等嫡亲来吃订婚酒，商定彩礼，并当媒人之面写"羹帖"。羹帖一式两份，用大红纸写成，双方各执一份，格式非常讲究。彩礼数量要凑双，写下的文字也得凑双。一般的彩礼是猪肉、糖糕、蛏子、蛤肉、明蛸、鱼鲞等物。男女双方都需办订婚宴，宴后，男方备些薄礼送给女方嫡系亲属，俗话说："养女白白生，赚担轿头羹。"这里说到的轿头羹就是彩礼，彩礼放在一种名为"重盛"的 8 个套叠的簏器具中。外备"主家肉"，要两块连牢，叫"双刀肉"，女方家收一"刀"，另一"刀"返还给男方。

"女方出嫁前会被带到姑姑和舅舅家玩，在那里，男青年会尊称女方'表姐'。游玩当中，男孩子们会和表姐进行对歌，对歌对输的，就会受到'担灰'的惩罚，就是把锅底灰抹到输的一方脸上，黑不溜秋的，很难洗掉。"温州市非物质文化遗产"畲族婚俗"代表性传承人钟维禄老师说，"我清晰记得'拜头年'，我的一个亲戚结婚第一年，要去岳父家拜头年，我担着'重盛'及年糕陪他去，脸被村上的姑娘抹得黑不溜秋的，想来那时候的婚俗真是热闹。"钟老师说，他很惋惜这个婚俗没有传承下来，那个热闹的场景仿佛永远留在了"昨天"。

结婚的前一天中午男方会设"出门酒"，晚上女方设"嫁女酒"。

古宅婚嫁（王健摄影）

在畲族传统婚宴中，有一道主食必不可少，那就是红豆饭。新娘结婚前一天吃的晚饭就是红豆饭，关于红豆饭还流传着一个美丽的传说，说是很久之前大地干旱，家家户户都颗粒无收，冬日里只能饿肚子，村上唯一一户种植红豆的人家却不用受挨饿之苦，那一年，这一户人家的男子用自己种植的红豆作为彩礼娶了心仪的女子。庆幸的是，在结婚的前一天，女子吃了男子种的红豆，长期以来的胃痛病也治愈了。红豆本为相思豆，红豆成就了这一段美满姻缘。这也是畲族人做喜事都必吃红豆饭的缘由。

"出门酒"结束，花轿、红灯笼、对锣、乐队、行郎、伴郎、接姑……

畲族婚俗（蓝朝光摄影）

一切就位，前队鸣炮开道，迎亲队伍浩浩荡荡出发前往女方家。女方家听到乐队声，娘家的姑嫂们就会立马出来鸣炮迎接队伍，女孩子们端着茶敬男方来的迎亲队伍，行郎一起唱起了畲歌："行郎担酒过田湾，担个鸡公三斤半；暗晡（暗晡指的是晚上）侬娘娚夜歌，明早雪早起身扮。"娘家人不甘示弱，对道："行郎担酒过田湾，担个鸡公三斤半；今年留寨作年誓（年誓指干一年的活），明年你叫唔佮暗（唔佮暗指不会迟）。"对唱尽兴后，娘家相帮人接起行郎聘礼，姑娘们用烟尘抹黑了行郎的脸,现场乱成一团。安顿好迎亲队伍后,大家就开始吃"嫁女酒"。

到了出嫁那日,新娘会按吉时开始开额化妆,开额的时候由父母双全的姑娘为其梳妆打扮,娘家父母会交代一些事情,然后早早准备好嫁妆品及红包,厨师们忙着备办早餐,整个场面非常热闹。等到迎娶的吉时,行郎们各就各位,各司其职。

都说女儿是贴心的棉袄,身为女儿,真到了穿嫁衣的那一天,自身的感情是复杂的,那时候泪水会在眼眶里打转:"爷冇干啊娘冇干,侬我放落杨柳湾;路头来远慢慢讲,三顿菜饭难的扮。"女儿的歌词中有对新生活的向往,也有对父母的依依不舍。父母的情感也是复杂的,有喜悦,但更多的是不舍,父亲会默默地躲在角落流泪,母亲则哭着回应:"爷何干啊娘何干,侬女放落杨柳湾;自己争气何话讲,石壁门头作花盆。"(歌词大意是,父母没本事,把你嫁在杨柳湾这个地方,但只要自己肯努力,石头地盆也会做花盆)哭嫁中,女儿表达的是对父母养育之恩的无以为报,母亲更多的是嘱咐,嘱咐女儿要夫妻恩爱,要孝敬长辈,要勤俭持家。这个场景,不禁让我想到了过去和未来,总有一些"舍"是"痛并快乐着"的,想起自己出嫁的那一天,母亲偷偷地回头擦拭自己的眼泪,并再三告诉我在夫家一定要争气。父女母子一场,他们和你的缘分就是不断地在目送你的背影渐行渐远。

用完早餐后,迎亲队伍准备返回,排在轿子前面的有身披大红绸的黄牛,其次是提红灯笼的一对童男。牛作为陪嫁物是给女儿家耕种用的。这时候,媒婆会催促新娘上花轿,娘家的姑嫂们还是不忍心让新娘离去，一直跟随新娘到轿子边，上辈嫡亲会给新娘一个红包。上轿时，新娘由姐妹或兄嫂、接姑扶上轿。礼毕，媒婆分红包给有关相帮人，有时不注意，对个别人员礼数不周，行郎等有关人员就会把媒婆抬起来抛掷半空晃荡，场面好不热闹，漏给的红包再由媒婆补上。

锣鼓齐鸣催促起步，鸣炮开道，轿夫慢慢起轿，这当中还要经历一道"退轿神"的程序，就是起轿时，红轿扛横在轿夫手上，抬轿的四人一起抬着轿子三退三进，保佑途中平安。这时，村里人就会一拥而上，拦一下轿子，以示挽留，之后，迎亲队伍一路吹吹打打，直达新郎家。在这期间，迎亲队伍从嫁家返回男方家，次序和来时的次序相反。

男方这边，新郎早早地就剃了"新郎头"，身披红绸，头戴礼帽，翘首在村口迎接新娘。红花轿歇在男方大厅前坦，亲家舅把准备好的轿米向花轿顶上抛撒，表示种子已到，一粒种子能长出万颗果实。媒婆开了花轿门，新娘由两名接姑牵扶出轿。这时，两位相帮人各拿一支竹制的火管给新娘、新郎，新娘和新郎站在花轿前吹旺娘家带来的火笼，使其火焰更加旺盛，寓意夫妻今后的日子红红火火。有些青年人爱玩耍，就会在竹管口抹上灰，新娘新郎嘴上就会出现黑圈圈，惹得众人哄堂大笑。之后，相帮人会端来一盆水，给新人洗脸，新人会给端水人一个吉利包。接着还要经历踏米筛仪式，就是将米筛放在地上，新郎跟随新娘在鸣炮奏乐声中踏过五面米筛，米筛眼很细很多，犹如满天星星，意为吉星高照。

踏完米筛，再踏红布袋。三条红布袋摊在地上表示祖宗三代。第

畲族婚俗（雷忠义摄影）

一次伴郎会把第一条红布袋直向放，口朝新人，第二条第三条横向放。新娘看见第一条布袋口朝着自己，便招招手，表示布袋大口朝着新人是不"利市"（方言）的,这样放我是不会踏过去的。伴郎就调整方向，把布袋底朝着新娘放。新娘见了,再次招手示意:你这样放也透底了(表示做人没礼貌),我还是不会踏过去。第三次，伴郎把布袋方向打横（表示平行，平行的事能通天下）。新娘看后，才踏过红布袋。这样做，也是想测测新娘的才学。新娘每踏过一只红布袋，伴郎便把身后的红布袋传至前面，直到厅堂，这叫"传宗接代"。

传至中堂后，即行拜堂礼。司仪读《娶亲通天祝文》,后行拜堂礼,一拜天地，二拜父母，三夫妻对拜。夫妻对拜时，男拜女不拜。拜堂礼后，新娘到洞房休息片刻。这时，后厨把准备好的点心端到中厅的连桌上，点心是红酒炖鸡蛋，每碗里面放两个鸡蛋，又称蛋酒。随后，伴娘、伴郎领着新娘、新郎、行郎、媒人、舅舅、外公、接姑等一行人一起吃点心。碗里两个鸡蛋只能吃一个，另一个留着不吃，表示懂礼数。吃完蛋酒，新娘将事先准备好的点心包放到端点心的木盘上，表示感谢。这一天新娘要准备的红包可多了，有火笼包、尿盆包、泡茶包等等十来个。大伙讨要红包也是为了讨个热闹。

礼毕吃正酒，即"娶亲酒"。厅堂左边头桌为娘舅桌，右边头桌为新娘桌。酒至半筵，新娘、新郎由伴娘、伴郎陪着从舅舅桌开始向众

畲族婚俗（雷忠义摄影）

亲一席依次敬酒。到晚上,还要进行"请祖公"的仪式,又称"谢庚酒",宴后备起福礼请祖公,禀报先祖娶来某地某氏之女,纳入本郡某孙为妻,仗神功保佑夫妻恩爱、藕入莲池、子衍昌盛。

最热闹的要数闹洞房,男女双方在正堂两旁落座,盘歌至午夜。午夜时分举行送洞房仪式,由父母双全的伴郎、伴娘各扶新郎、新娘向父母和嫡亲上辈叩拜。拜毕,由伴娘和伴郎点燃一对红烛,陪着新人回洞房。进房后,随行的伴娘会解开伴郎衣襟上的三颗纽扣,以示作为见证人,见证新郎的身体是健康的。礼毕,新娘要给伴娘和伴郎红包。古人将"久旱逢甘雨,他乡遇故知,洞房花烛夜,金榜题名时"作为人生四大喜事,作为四喜之一的"洞房花烛夜",文成畲家婚俗中洞房内的红烛要整夜点着,红烛同时点完,寓意夫妻日后的生活和和美美、日子红红火火。新娘入洞房后,留下的都是村上歌手,他(她)们接着进行畲歌对唱,一直对到天亮……

听,有人在唱:"新娘新郎来拜堂,人客各个倚满堂;一拜天地二拜祖,夫妻同拜入洞房。"

一抛东方甲乙木：上梁

以前住在村子里，年关将近的时候，总是很热闹的，不是听到这家娶媳妇，就是那家上梁。

公公是村子里小有名气的老木匠，每每要是哪户人家有上梁，那户人家的当家人就会寻上门来请他去举行上梁仪式。上梁就是指房屋顶部最高的一根中梁要挑吉日进行安装，"中梁，代表整座厝宅本身的安详，它本身所担负的如同一家之长栋梁的角色"。古语：上梁有如人之加冠。所以上梁仪式的热闹程度不亚于娶媳妇。

由于这些年孩子在县城读书，所以我回村子的次数也就少了，偶尔一次碰到上梁，还是会兴致盎然，仿佛孩童时期那抢抛梁馒头的画面又逆着时光走来——"上梁喽，上梁喽，抢抛梁馒头去哦！"——总有那些爱凑热闹的声音从村头一直喊到村尾。我们这一群孩子，要是听到这个声音也特别兴奋，正在跳皮筋、跳格子、扔沙包的，赶忙丢下手中的游戏，跟着人流跑，到了点上只见新房两边垂挂着红布条，红布下放着一个红色水桶，水桶的清水里沉着柏树枝、硬币、鞋垫等东西。鞭炮声一响起，师傅就高唱着上梁歌从房梁上抛下馒头、花生、硬币、糖果……大伙儿只顾着低头去抢，即使脑袋或身子被重重的抛梁馒头砸中，大家也不顾了，因为如果掉在地上的馒头你不及时捡起，就会马上被别人捡了。有些老练的妇女，干脆拿来被单，师傅往哪里扔，被单就往哪里挪。现场的人们都是大汗淋漓，也欢声不断。要是抢到一个硬币，无论是一角的还是五角的，对我们孩子而言，那是极欢喜

水桶的清水里沉着柏树枝、硬币、鞋垫

的事情。

听公公说，上梁前要先择梁，就是挑个好日子，从林中选一棵上好的木材才能当"中梁"，而不是任何一棵树都可以有如此"担当"。在林中择树，木匠师傅口里还会念着："梁上中间地，六亲九照听言音，看着容易，做着难……"选中的树木就会被系上红绳，这样来林子里的人就知道，这个树已经被选为"栋梁"了。

"小小一条草，长大一条木。"公公嘴里也默默念着，"作为木匠师傅，我们都是很感恩的，一棵小树长成一棵枝繁叶茂的大树是不容易的，所以被选中的木材也要物尽其用。一般上好木材的第一节，也就是接近根部的那一节会被做成状元牌，第二节也就是中间部分做大栋梁，第三节做石锤。"砍好的木材要横在院中宽敞的地方，当然不能直接放在地上，因为栋梁木已经是非凡之物，需要轻放在木叉上，再取个吉日进行上梁仪式。《文成县志》有载：取吉利，旧时建房，极重"吉利"。请风水先生用罗盘针择基定向；取吉日奠基定磜，在中柱处要安础盘，盘下分别埋放百子罐与朱砂碗，表示落地生根，百煞已治，人丁兴旺；按吉时竖柱上梁，最后办完工酒庆贺。1980年后，按城乡规划建房，习俗简化，但上梁俗仍沿，而摆完工酒日趋排场，并不亚于结婚喜筵。在取吉日时，主木匠会说些吉利话："寅年某月未定时辰，主人翁择起吉日吉时辰，鲁班师傅来祭梁，次梁佰事飞佰梁，莲花三宗取个大栋梁，经过三十六弯三十六架，谁人看见锌大人所彩，黄阳两见抬来，六亲九照喜洋洋，鲁班师傅做起马马三只脚，做起长杆三长六，左量量，右量量，正好是一条大栋梁，六亲九照来祝梁。"（方

言翻译）

　　到了上梁吉日，村子里会有好些"相帮人"过来帮忙，所谓的"相帮"就是"建房时，各亲友睦邻相助。有劳力者送工，工数不拘多少；有送猪肉、豆腐、菜、点心料、大米等的，俗叫'送人事'；也有直接送钱以示庆贺的"。"相帮人"也不是越多越好，也有讲究，看房子的主人盖楼层的层数，每层以双为吉数，一层需要一对"相帮人"，如果盖的是五层楼，那就需要十位"相帮人"。

　　祭梁时，主人家要准备"三牲福礼"，所谓的"三牲福礼"就是鸡、

祭梁时的"三牲福礼"

索面、豆腐、水果、鱼干、果品等"三珍海味"，除了要将这些放在大门前桌子上的红漆盘子里，还要在盘子里摆放茶叶、纸钱以及木匠师傅用的斧头，在当地称红漆盘子为筝盘。然后主人家一边放鞭炮，师傅一边站在桌前面对着筝盘念着："筝盘礼面出仙桃，斗灯米碗来实彩，栋梁在桌前，三牲福礼在后项，鲁班师傅来发彩，发炮三声，锣鼓三通，打锣锣就响，打鼓鼓有名，名进三声大红火，一社清香，二社清香，三社清香，吉地满回香。"（方言翻译）等师傅念完后，栋梁两头再绑上大红布，指定父母双全的"相帮人"站在房顶，两头齐用力，徐徐往上拉栋梁，这个过程叫"拔梁"。在拔梁的过程中，师傅端着筝盘边沿着楼梯往房顶上走，边说着吉利话："手拿筝盘绕一圈，此盘不是非万盘，全盘里面出仙盘，生劝金裳看龙盘，头顶乌纱帽，鲁班师傅来讲梁，脚登金梯横木梁。"（方言翻译）

接着安装中梁，安装中梁的过程叫"吻梁"。《文成县志》载："吻梁，先由主木匠披红，手执角尺墨斗召请鲁班祖师，进行祭梁。上梁时，主家身披红布，栋梁两端缠长红绸（布），由父母双全的数位'利市'人牵红拉上柱顶，先用郎星锤（又叫状元锤，木做，用后便分挂梁之两头）敲打三下，再由木匠用斧头敲进。"上梁后，就会在栋梁中间"挂金鸡"，就是把柏枝做成的大"红金鸡"挂于栋梁中央，这样可以吓凶星。

在上梁的仪式中，最热闹的一个程序是"抛梁"。抛梁的过程，主木匠一边会提着装有抛梁馒头、硬币、花生、糖果、糕点的红袋子往各个方向抛东西，一边会高唱一段上梁歌："一抛东方甲乙木，代代儿孙真福禄；二抛丙丁与南方，代代儿孙进锭仓；三抛西方甲姓金，

拔梁

代代儿孙时时兴;四抛北方银贵水,福禄寿星连高照;照里主家万代光,
五帽头入中堂,五方神龙家中来,主家红火万万红!"(方言翻译)此时,
受情绪感染,下面的村民就会异口同声地应和:"彩!"师傅站在房梁
上抛梁,底下的村民无论男女老少都很配合,场面好不热闹。人越多,
主人家越开心,村里人比的也就是人气,人气旺,来年家财也旺。抛
梁的东西多少,主要和主人家的物质条件挂钩。听婆婆说,以前村子
里一般人家条件都不是很好,所以抛梁馒头就会做得少些;而现在不

同，生活富裕了，所以抛的东西也特别多。有时候我和女儿两个人就可以在地上抢到十来个硬币和抛梁馒头，其实更多的时候，我们抢的是一份热闹和那一份不变的乡俗。

梁上好后，师傅还会说些吉利话收尾："栋梁放在砖檐上，鲁班师傅起浪兴；一进地杀，入地存；二进地杀，归天去；三进百杀，千里外；天无旗，地无旗，主人翁无旗，相帮人无旗。"（方言翻译）之后，主人家就会摆上好菜，招待前来的亲戚朋友，还会给主木匠和"相伴人"包一个红包以讨吉利。公公要是年终收到这样的一个吉利包就会把它给小辈的人，让孩子在读书学习上也讨个吉利，吉利包多多少少也寄寓了长辈对晚辈的希望。

如今，随着城镇化的推进，大部分的村民都搬进了套房，那热闹的上梁仪式也渐渐淡出了人们的视野，不知何时，村子还会响起主木匠那熟悉的上梁歌？